Alice deve estar viva

WERNER SCHÜNEMANN

Alice deve estar viva

MINOTAURO

ALICE DEVE ESTAR VIVA
© Almedina, 2021
AUTOR: Werner Schünemann

DIRETOR ALMEDINA BRASIL: Rodrigo Mentz
EDITOR DE CIÊNCIAS SOCIAIS E HUMANAS: Marco Pace
ASSISTENTES EDITORIAIS: Isabela Leite e Larissa Nogueira

REVISÃO: Oficina das Palavras
DIAGRAMAÇÃO: Almedina
DESIGN DE CAPA: Roberta Bassanetto
ILUSTRAÇÃO DE CAPA: Dagui Schünemann

ISBN: 9786587017341
Dezembro, 2021

Dados Internacionais de Catalogação na Publicação (CIP)
(Câmara Brasileira do Livro, SP, Brasil)

Schunemann, Werner
Alice deve estar viva / Werner Schunemann. – São Paulo : Minotauro, 2021.

Bibliografia
ISBN 978-65-87017-34-1

1. Ficção brasileira I. Título..

21-80843   CDD-B869.3

Índices para catálogo sistemático:
1. Ficção: Literatura brasileira B869.3
Maria Alice Ferreira – Bibliotecária – CRB-8/7964

Este livro segue as regras do novo Acordo Ortográfico da Língua Portuguesa (1990).

Todos os direitos reservados. Nenhuma parte deste livro, protegido por copyright, pode ser reproduzida, armazenada ou transmitida de alguma forma ou por algum meio, seja eletrônico ou mecânico, inclusive fotocópia, gravação ou qualquer sistema de armazenagem de informações, sem a permissão expressa e por escrito da editora.

EDITORA: Almedina Brasil
Rua José Maria Lisboa, 860, Conj.131 e 132, Jardim Paulista | 01423-001 São Paulo | Brasil
editora@almedina.com.br
www.almedina.com.br

*O coração batia com toda a vontade,
eu estava louco de alegria
e não tinha nem ideia
de que a fronteira tinha ficado para trás.*
Eduardo Galeano

Aos meus filhos Dagui e Arthur.
À Lucciana, meu amor.

AGRADECIMENTOS

Muito especiais a Luiz Antonio de Assis Brasil, cujos comentários e apontamentos foram fundamentais;

Aos meus amigos de tantas jornadas Paulo Heineck, José Pedro Goulart, Tarcísio Filho, Marcos Breda, Tabajara Ruas e Zé Victor Castiel, pelas leituras e apoio;

Ao grande parceiro desde sempre, Giba Assis Brasil, pela contribuição e amizade;

À Debora Mutter, que revisou o livro duas vezes e apontou valores e caminhos;

Aos meus editores Marco Pace e Deonísio da Silva, que acreditaram no projeto.

ROMANCE NO PAMPA E NÃO SÓ[1]

Luiz Antonio de Assis Brasil
Escritor, doutor em Letras

Tenho a honra de apresentar à cena literária da língua portuguesa um autor que até hoje tem percorrido diversos caminhos performáticos, nomeadamente o teatro, o cinema, a televisão, e nisso vem consolidando uma carreira invejável. Digamos, *tout court*: ele é uma celebridade. Como ator, Werner sabe o valor do texto, e, em especial, a relevância do diálogo, que vem a utilizar com frequência em seu texto. Com isso não estou a dizer que se trata de um neófito, ao contrário: além de grande e histórico leitor, a narrativa é seu privilegiado território de conotação e sua vivência profissional e diária. Nos palcos e nas telas, Werner interpreta personagens; no romance ele as cria. As histórias que não são suas, agora, passam a ser, com toda responsabilidade que isso implica. O resultado está aqui: um romance que merece esse nome, e que dialogará com os leitores assim como suas atuações cênicas encantam seus os espectadores e fãs.

---

[1] Prefácio à primeira edição portuguesa.

Em *O Deserto dos Tártaros*, de Dino Buzzati, Giovanni Drogo vê o tempo escorrer enquanto espera que um grande acontecimento – a invasão tártara – venha mexer e até mesmo dar sentido à sua existência. Para Drogo, o episódio decisivo chega tarde, quando o tempo já fez a sua parte. Para Luciano, personagem criado por Werner Schünemann em *Alice Deve Estar Viva*, o ponto de inflexão chega antes, através de um recado da ex-mulher. Ele está na meia-idade, separado de Alice, distante da filha Laura, acostumado com a rotina de trabalho no mercado de commodities, os estudos para uma entrada tardia na carreira diplomática e os passeios com Togo, o cão que divide com Luciano o apartamento em São Paulo e a solidão.

O recado de Alice instaura uma imediata situação crítica, o que faz com que Luciano saia de São Paulo, da sua zona de conforto, e volte para o seu espaço original, o pampa – no Brasil declinamos essa sonora palavra no masculino, e significa não apenas um espaço geográfico, caracterizado pelas grandes propriedades rurais, as *estâncias*, mas o pampa é, principalmente, uma instituição simbólica e cultural que empolga uma História épica.

Embora as idas e vindas de *Alice Deve Estar Viva* – a alternância de cenários é tão dinâmica quanto a linguagem do romance –, é no pampa gaúcho, especificamente em uma estância no interior de Bagé, que a narrativa tem início. Esse começo, entretanto, não explora a paisagem de horizontes ilimitados do pampa, pelo contrário: é escuro e claustrofóbico, pois o leitor tem o primeiro contato com Luciano quando o personagem está no fundo de um poço. Schünemann não utiliza essa imagem de maneira aleatória. Ela é uma pista de que os acontecimentos inesperados e as reviravoltas farão parte da trama.

Aliás, o inesperado é uma das marcas de *Alice Deve Estar Viva* e se manifesta inclusive nos pormenores. A descrição de um amanhecer na estância Los Ríos, herança de Luciano, pedaço de chão que o prende à família, ao passado e à terra natal, é exemplar nesse sentido: "No pampa não amanhecia, apenas. Era sempre um espetáculo de cores e silhuetas, coisa de que Luciano mais gostava na Los Ríos. Acordar cedo, maravilhar-se com o dia chegando e depois um bom chimarrão. Porém naquele dia não houve espetáculo. O cinza tomou conta do céu imenso já ao amanhecer e logo a chuvinha gelada cobriu todas as coisas". É notória a tendência descritiva de Werner; neste caso, serve de contraponto às circunstâncias interiores da personagem central, num jogo de sutis conotações.

A cena na qual Luciano se esconde no poço também é significativa por outras indicações. O leitor familiarizado com algumas das histórias publicadas nesta parte Sul da América não consegue fugir ao colóquio que o texto de Schünemann realiza com seus predecessores. Como o Martiniano Ríos de Mario Arregui e o Daniel Abrahão Schneider de Josué Guimarães, Luciano é levado para dentro do poço porque o perigo e o desconhecido se aproximam. Em "Un cuento con un pozo" e em *A Ferro e Fogo*, o medo vem com as patas dos cavalos dos soldados e dos castelhanos; em *Alice Deve Estar Viva*, o inimigo é moderno, vem de camionete, parece estar espalhado por todos os lados e está envolvido em tipo de contrabando refinado.

Assim como ocorre no conto uruguaio e no romance gaúcho, no livro de Schünemann figura uma personagem forte: Teresa. Aqui no Rio Grande do Sul temos a tradição de personagens femininas dominantes, de que é emblema Ana Terra, essa inesquecível personagem central de alguns episódios de *O Tempo e o Vento*, de Érico Veríssimo, incluída no rol dos afetos literários mais fortes dos leitores. Se Ana Terra buscava a paz para construir sua vida e de sua família, e para isso teve de enfrentar guerras, a mãe de Alice aventura-se ao lado do ex-genro na procura pela filha, e faz o que pode para garantir a segurança do clã. Se Luciano é o protagonista, o sujeito que recebe a atenção do leitor desde o começo, e que é acompanhado por quinze dias, Teresa é uma das principais forças a mover os caminhos e os descaminhos da narrativa. Juntos, Luciano e Teresa cruzam estradas e fronteiras atrás de Alice, agem como detetives e vítimas de um *thriller* policial, mostrando que na vida há tempo para muito mais. Para descobrir o que é esse muito mais, o leitor não pode esperar pelos acontecimentos como Giovanni Drogo. É preciso buscar *Alice Deve Estar Viva* o quanto antes, lê-lo com os olhos apertados e atentos, com os olhos de quem observa o pampa ao longe, vê a amplidão mas não se desprende dos pormenores.

Como disse ao princípio, temos um romance, e, agora acrescento, um novo nome da literatura, trazido à consideração do público. É um drama no pampa, mas não só: é do Brasil e, mais do que isso, trata da alma humana e das suas contradições, o que, ao fim das contas, é o que justifica uma boa narrativa.

Boa leitura!

Porto Alegre, Primavera de 2021.

DIA 1

Quando recebeu o recado de Alice, não podia imaginar que deixaria São Paulo e, dois dias depois, estaria escondido no fundo de um poço da estância em Bagé.

O recado era para que se encontrassem na estância. Não atendeu os chamados anteriores, desde a separação as conversas costumavam ser tensas. Luciano estava levando a vida de forma que considerava muito satisfatória. No entanto o recado viera através de Seu Antero, e este sempre era atendido. Teria que voar a Porto Alegre e alugar um carro para chegar na estância a alguns quilômetros de Bagé. Nunca se cansaria daquela paisagem, o pampa sempre seria belo com aqueles seus horizontes plurais. Mas fazer a viagem a contragosto diminuía o prazer. O trabalho no mercado de commodities não se largava assim no mais. Não se tratava de renegar ou esquecer os lugares onde passara a infância e, a contragosto, a adolescência. As grandes descobertas. Os cavalos. As 'sangas de banho', onde aprendera a nadar. E onde tinha descoberto Alice, Alice menina, Alice garota, aos quinze anos, mulher. A sua mulher.

Era uma Carmelo, filha de Érico e Teresa Carmelo, da estância Gerônimo. Estância Gerônimo era lindeira com estância de Luciano, a Los Ríos. Nome castelhano desde quando se sabia, sempre na família. Duas estâncias. Luciano numa, Alice na outra, de onde vinha para banho de sanga. Alice paixão, namoro, amor. Tudo mantido secreto até que completasse 15 anos, quando os comunicados às famílias deixaram pais e mães não orgulhosos, mas satisfeitos. Tanto que Luciano achou um pouco suspeito. À noite, Seu Érico trouxe os espumantes para um brinde e até D. Teresa, sempre bela e reservada, bebeu. Luciano e Alice passaram a se ver todos os dias, dormindo lá e cá. Então decidiram universidades. Foi o êxodo para capitais, estudos, vida a dois em São Paulo, uma filha logo e depois mais nenhum, nada de gatos, apenas cachorros. Vários até o que tinha agora e que atendia pelo nome de Togo. Grande companheiro na solidão das noites paulistas esperando Alice chegar dos plantões, amigo de passeios e carinhos mútuos. Um cão resolve vários problemas, mas introduz outros na vida do casal, que o afeto os ensinou a desconsiderar.

Caminhada com Togo. Felicidade do cão. Quando ainda havia um casal, o prazer de andar ao ar livre, nada de celulares, fones, era um acordo. Só mãos dadas, de que Luciano gostava mais do que ela. Também perguntas e conversas. Quando Alice se foi, Togo ficou na casa. Passou a ser apenas ele passeando com seu cão. Togo sentia a ausência de Alice. Luciano cantava e assobiava, imaginando distrair o amigo da tristeza que ele próprio também sentia. Chegava em casa e primeiro tinha uma boa conversa com Togo, rolavam pelo chão, simulavam lutas, dois amigos de fato. Com o tempo Luciano também aprendeu a ocupar o vazio mantendo diálogos com amigos que se admiravam ou com desafetos que mandava à merda. E conversas imaginárias com

Alice, muitas. Acostumado com os balbucios e sussurros de Luciano, Togo sabia ignorá-los. Sem mais Alice. Togo.

Mas no início, há vinte e poucos anos, as coisas davam certo e a vida começara vibrante. Alice num bom hospital, ele uma boa posição numa corretora de mercados agrícolas. Somados, um faturamento razoável. A filha, Laura, veio em seguida. A alegria de ser pai. Ver a alegria de ser mãe na reservada Alice. O mundo tinha mais luz do que Luciano podia suportar. Quando Laura tinha dez anos, surgiu a ideia de voltar aos estudos e tentar carreira diplomática. Queria entrar para o Itamaraty. Alice guardava silêncios enfáticos ao ouvi-lo falar sobre o assunto. Foi levando o curso de comércio exterior ao longo de quatro anos. Depois estudaria francês, alemão. Aos poucos a vida deixava de ser animadora. Luciano não largou as aulas de comércio exterior, alvo predileto de Alice:

"Só você acha que pode virar diplomata aos 50."

"Pelos meus cálculos, dá pra começar mesmo aos 60. Eles sempre vão precisar de especialistas."

"Eles quem?"

"Ué, o Itamaraty."

"Eles precisam de juízo, não de caixeiros viajantes."

Era como o chamava quando queria magoar. E, nessas conversas, era frequente que quisesse. Conversas em que Luciano pensava – mas não dizia – expressões como vai se foder, vai tomar no cu. Não utilizava esse vocabulário com naturalidade nem frequência. Mas era difícil resistir ao mau humor de Alice. Se tudo desse certo e ele entrasse para o Itamaraty, não iria acompanhá-lo. Essa era a fonte do mau humor. Ele em Brasília, ela em São Paulo. Ele numa embaixada europeia, ela em São Paulo. Ele numa embaixada africana, ela sempre ali – em São Paulo. Daí esta implicância? Daí. Continuava linda desde sempre, linda e intransigente. Numa das últimas conversas, Luciano sugeriu que queria para si mesmo realização profissional semelhante à dela. Alice olhou o marido, deu um riso seco e continuou a escovar o cabelo.

"Não vou suportar viver períodos enormes sozinha."

"Isso não é bem assim."

"É bem assim."

No entanto não foi por isso que um dia Alice foi embora, mas porque estava cansada dele. Foi o que disse. Baixou a cabeça esperando que ele dissesse algo. Perplexo, Luciano percebeu que falava sério. Talvez fossem mesmo necessários muitos anos de convivência para alguém ser surpreendido pelo parceiro. É quando as defesas estão baixas, quando parece que a vida continuará em movimento contínuo, *moto perpetuo*, desde que nada seja mexido. Tudo findo, a vida parecia ter enguiçado. Não parecia que fosse suportar. Arrasado, Luciano não sabia o que dizer e não disse nada. Que ela pudesse querer separar não fazia parte de seus pensamentos. Como podia não ter percebido nada? O que queria dizer com embora? Viver em casas separadas? Tentar outro tipo de casamento? Alice não resistiu ao silêncio dele:

"Conheci uma pessoa."

Eis como a conversa podia piorar. Era hora de falar. Atordoado, a primeira bobagem que veio à tona, Luciano disse.

"Pessoa masculina?"

Sempre achou que um dia Alice teria um romance com uma mulher. Mas naquele momento só obteve um olhar azedo de volta.

Assim, Alice foi embora e com ela levava a vida inteira. Não havia lembrança de Luciano sem Alice, e isso parecia tão natural. No entanto tinham uma filha. Laura era estudante em Londres e falava na inevitável separação dos pais há anos. Achava absurdo que ainda estivessem juntos. Os pais riam, era equívoco juvenil e Luciano jurava que era mesmo. Laura insistia, convicta de que não serviam um para o outro. Bem, se estava errada antes, não parecia estar agora. Luciano admirou sua premonição. Naquela tarde ligou para a filha.

"A mãe me contou. Sei lá o que dizer. Poxa, pai. Enfim. Como você está?"

Então Alice se apressara a contar. Para ser a primeira.

"Estou bem."

Laura ficou feliz por isso. Falaram um pouco dos desmandos do governo inglês.

"E você, pai? Vai ficar sozinho?"

"Vou." Então Alice já contara tudo, o novo romance, quem sabe mesmo o nome do fulano ou fulana, coisa que a Luciano ela negara.

"Isso não é bom, pai."

"Que você quer? Que eu consiga uma namorada até o próximo sábado?"

"Você tem um prazo, pai. Daqui a duas semanas não pode mais estar sozinho.

"E vou ficar bem. Estou de boas."

"Que bom. Amo vocês."

Duas semanas depois continuava sozinho. Mas não contou e nem Laura perguntou. A filha. Tantas saudades declaradas, tanta falta um do outro antes de desligar. Há dois anos a filha fora do Brasil. Luciano sentia um misto de saudades e orgulho da filha conquistando o mundo, exagero que Alice não perdia oportunidade de desdenhar. Não importava que fosse exagero. Aqueles sentimentos exacerbados compensavam a falta da filha. Afinal o mesmo sentimento fizera Alice ligar correndo e informar o novo romance. Desabafava nas caminhadas com Togo.

"Por mim tudo bem, meu amigo. Apesar de jamais ter estado sozinho na vida, solidão me assusta. É um medo do que não conheço. Também esse desconheço. Me faz companhia? Faz?"

Retomara os estudos para O Instituto Rio Branco, 'sem dúvida vou ser um diplomata', levava o trabalho cotidiano a sério como sempre. Três meses depois da noite da separação, Alice tinha um apartamento para morar. Combinaram que levaria suas coisas embora num sábado, viria com equipe de mudança e ele preferiu não estar presente. Ao longo dos dias seguintes foi descobrindo que Alice levara mais coisas que de direito, como todas as toalhas novas, a gravura do Iberê, o único faqueiro completo que tinham, enfim, muitas coisas. Decidiu que reclamar e discutir seria prolongar o passado que, de fato, já estava encerrado. Um mês depois, a solução pareceu fácil. Foi a um shopping e comprou de novo quase tudo que se foi. Na semana seguinte resolveu que precisava mudar a aparência do apartamento inteiro. Arrastou móveis da sala, dos quartos, do hall de entrada. Togo mantinha uma distância segura e olhava de longe, desconfiado:

"Vamos tirar a presença dela deste apartamento. Isso aqui, agora, vai ser casa de homem! Logo vou comprar um cavalo".

Esta lembrança trouxe uma risada e depois um riso frouxo que vinha em golfadas e sabia ser histérico. Acompanhou-o como soluços a tarde toda. Parou quando decidiu que havia mudado o bastante. Mas o principal foi ter se mudado temporariamente para o quarto da filha, onde, inclusive, a TV era melhor. Passou os primeiros anos assim, só usava o quarto de casal quando havia alguma namorada passageira. Todos os namoros, mesmo aqueles com mulheres especiais e encantadoras, passaram a ser curtos. As visitas ao pampa e à estância Los Ríos foram se tornando cada vez mais raras. Talvez fosse por isso que nas duas últimas horas, dirigindo uma caminhonete alugada pelas estradas do sul, as lembranças se impusessem com tanto vigor e forçaram sua presença. Outono a pleno, sombras longas, dias sem vento e muitas cores no céu.

Ligação de Seu Antero, o administrador, o homem que cuidava de tudo, além de praticamente sócio da família. Avisou que precisava de Luciano na estância. Não podia entrar em detalhes porque não os conhecia, mas precisava que Luciano fosse à estância porque Dona Alice pedira que ligasse e dissesse isso. Que ela não queria e não falaria por telefone. Alice.

"Tá me deixando preocupado, Seu Antero."

"Também fiquei."

Seu Antero falava devagar, fazia pausas grandes. E gostava de frases.

"Mas se atente porque a preocupação é bichinho tinhoso, Seu Luciano, quando vê tomou conta das ideias."

Fez um bom silêncio e acrescentou:

"Mas to preocupado."

Depois de quase três anos, viagem ao pampa. De dentro da camionete alugada, viu a porteira da estância crescer à direita e Luciano, que não era dado a misticismos, intuiu que seria o prenúncio, o início de alguma coisa, um sinal, tudo, menos uma chegada.

Seu Antero estava ao lado da porteira, a cavalo, não o vira chegar.

"Bom dia, Seu Luciano. Chegou mais cedo."

"Camionete melhor."

Abrir e fechar a porteira Seu Antero fazia sem apear. Luciano seguiu pela estradinha, na direção da sede. O administrador seguiu devagar, levava o cavalo a passo. Luciano nem percebia a estrada passando. Imaginou-se chegando pela primeira vez. Faria uma apresentação de si mesmo a Seu Antero? "Sou Luciano, este. Já fui outro homem, casado com Alice, corretor e sócio de uma gráfica bem-sucedida que já não tenho mais. Ainda sou um pouco aquele. Mas também este aqui, o de agora, sem Alice, aproveitando a viagem pra ver se me perco nestes horizontes da estância e, uma vez perdido, me reencontre, forte, vigoroso." O que, neste momento, não é de jeito nenhum. Falaria uma coisa destas para Seu Antero? De jeito nenhum.

Luciano perdeu os pais num acidente de avião. Tinha 24 anos. Não conheceram a neta. Houve um inventário dividindo a propriedade em quatro partes, uma delas para Seu Antero, outra para Alice e duas para Luciano. A estância, seus campos e seus negócios estavam incluídas nas terras que couberam a Luciano. Alice vendeu seu campo. Seu Antero, que já era o capataz, passou a administrador.

Gostava da sede, uma construção baixa e ampla com um enorme gramado à frente. Leva o olhar até a "figueira da declaração", a árvore centenária ao fundo. Os avós e as irmãs da mãe brincavam que era o único monumento dedicado ao fim da liberdade e independência para homens e mulheres, pois foi onde várias gerações de apaixonados trocaram juras, anéis de noivado e combinaram casamentos. A figueira. Era como olhar uma foto antiga.

"Um mate?", Seu Antero chegava a passo.

"Sempre".

Muitas perguntas, reparos nas cercas, trabalho no açude. Seu Antero não usava muitas palavras, "cercas tudo novinho em folha.

O açude abriu de novo, trabalho miúdo, nem avisei." O assunto predileto era o rebanho.

"As ovelhas vão parir mais cedo este ano."

"E a lã?"

"O de sempre."

Fazer Seu Antero falar era obra de que poucos eram capazes. Para seus padrões, com o que falara até ali, emudeceria o resto do dia. Talvez outra conversa. Mas não passou de assunto, pelo contrário. Ficou parado, olhando fixo para muito longe. Tinha o que falar.

"Dona Alice teve aqui faz três dias."

Luciano queria justamente esse assunto. Era a razão de estar ali. De ter vindo. Mas pensava que não tinha havido mais do que um telefonema.

"Aqui na Los Ríos?"

Seu Antero não desviou os olhos do longínquo e confirmou. Ao seu lado Luciano encontrou calado a mesma distância para olhar. Tudo como que congelava, a paisagem, as nuvens, até a brisa, tudo paralisado.

"Desde a separação não esteve mais aqui."

"Não senhor."

E Luciano sempre fora. Como o pai. Quando vivo, sempre viajando. Assuntos abordados, assuntos suspensos. No entanto seus pais não tinham nem de longe viajado tanto quanto Érico e Teresa, os pais de Alice. Não, pelo menos tanto quanto Érico, não. Um Marco Polo dos pampas. Teresa raramente acompanhava o marido. Ficava na estância, como tantas gerações de mulheres, esperando o marido voltar. Alice podia aparecer ali, como visita, como ex-mulher do proprietário, como amiga, enfim. Mas, desde a separação, nunca o fizera. Seu

Antero movimentou um olho para Luciano, indicando que aguardava a pergunta.

"Sozinha?"

"Com um sujeito alto e um menino. Um guri."

"É filho dela."

"Parecido com o senhor."

"Não é meu. É dele.

Luciano esperava que Seu Antero percebesse que teria sido melhor calar desde logo. Dona Alice tinha um filho que não era de Seu Luciano. Seu Antero talvez pensasse que não parecia que fosse assim, mas pra que falar? Como ele mesmo dizia, homem é bichinho triste e, como dizem, depois que a bobagem está feita, não custa insistir.

"Parece o senhor."

"Faz vinte anos que tivemos Laura. O homem alto é o pai do garoto."

Seu Antero preferiu ir adiante.

"Pois o tal pai veio junto. Vieram de três."

Luciano calou. Coisas mudaram na vida, não sabia se para melhor. Antes da separação nem parecia um casamento tão ruim. Diria que normal. Esperou terminar a cuia. E então, aos poucos, Luciano falou. Sobre o tempo de Alice que havia encurtado, clínica, hospital, hospital, clínica. Morava num, fazia as refeições noutro. Mal se viam, não se falavam. Tudo disse rápido, tudo escondido aguardando confirmação que a voz alta conferia. Disse a Seu Antero que não se viam mais, que o tempo de Alice continuava pouco, pouquíssimo.

"Além disso não teria um filho com Alice agora. A criança não saberia quem é sua mãe."

Seu Antero pensou um pouco no sentido daquilo tudo.

"A planta vareia pela terra, Seu Luciano. Em cada terreno dá de um jeito, mas tudo é da mesma semente."

Insistência irritante:

"Não é meu. Não nos vemos. Não falamos. E nós dois não vamos mais falar sobre isso, Seu Antero. Amanhã vou saber o que ela quer, resolver e depois vou embora."

"Se é de gosto."

Preferia que Alice não estivesse na região. Preferia que Alice não estivesse no estado. Olhou ao longe e suspirou com a beleza das coxilhas. Antero como que adivinhou a saudade.

"De a cavalo é um pulo."

"Sim."

Montados, foram seguindo corredores até chegar na divisa com os Carmelo. A estância Gerônimo se esparramava bonita entre umas sangas e um lindo açude, enorme, que Luciano não conhecia.

"É grande porque é água deitada."

Luciano gostava desse jeito de acertar em cheio com palavras.

"Não tem fundura. Chega no joelho, no máximo."

Era novidade mesmo assim.

"A criançada que gosta. Entram disparando a cavalhada, volta tudo uma lambuzeira de barro."

Realmente, agora Seu Antero parecia uma matraca que não parava mais de falar. Luciano sabia por quê. Ouviu falar, contaram coisas, e agora foi juntar as peças:

"O senhor andou descobrindo filho que não conhecia, Seu Antero?"

Então, silêncio. E Luciano compreendeu. Era isso: Antero, o pai das gêmeas moças bonitas, descobriu que tinha mais um filho, e dessa vez o filho homem que estava faltando. Então era seu filho nas cavalgadas pelo açude da Gerônimo? Era.

"Fico feliz pelo senhor."

"Seu Luciano, mesmo neste mundo pequeno, andança pode parecer de muitas léguas. Nem sempre o sujeito cuida por onde andou. Se vai adiante e esquece. Não fiz por fugido, mas por não ter lembrado."

"Eu sei, Seu Antero."

"Se o homem faz errado por fora, conserta por dentro e faz melhor de uma vez só."

Luciano resolveu deixar para encontrar Alice na manhã seguinte. Seguiram a passo pelo corredor do campo, afastando-se da sede da Geronimo e voltaram para casa.

À noite as gêmeas de Seu Antero prepararam comida de estância, carne ensopada, aipim, feijão, mogango, arroz. Tudo precedido por boa cachaça – a "canha" – da região de Santo Antônio. Luciano abriu um vinho do estoque da casa, que bebeu sozinho. Esperou conhecer o menino, mas nem sinal. Não quis perguntar. Talvez as filhas não soubessem, talvez nem o guri soubesse. Luciano considerou que era sempre melhor ficar calado. Depois, bastou um pala nos ombros, sentar na varanda, uma cadeira de balanço para sentir o frio no rosto. O corpo chega agradecer o pala.

"Se fosse noite clara, dava pra ver as coxilhas."

Seu Antero ainda falante.

"Sobre o guri...?"

"Obrigado por não perguntar."

"As gêmeas sabem?"

Muito lentamente moveu mais o queixo do que a cabeça. Não.

"E o guri?"

"Nem."

Terminou de fechar o palheiro. Luciano recusou, há anos não fumava. Seu Antero assentiu levemente, como que concordando que era o mais acertado a se fazer. O que sempre fascinou Luciano é que, a cada gesto, Seu Antero parecia, na verdade, imóvel. Estático, Luciano pensou. Um balé estático. Gestos que pareciam lentos eram, na verdade, precisos e curtos, sem qualquer desperdício. A síntese mais síntese de cada movimento. Bom de ver Seu Antero, homem do campo, das lidas rústicas, dos prazeres simples, ser também este bailarino minimalista na noite do pampa. Preparando, acendendo e pitando seu palheiro. Luciano olhou a coxilha invisível, preparando-se para não pensar em nada. Um vulto pálido moveu-se por uma brecha da noite. Desapareceu.

"Lebre."

Seu Antero concordou com as pálpebras.

"Lebre."

Luciano deu uma embalada na cadeira. Amanhã veria Alice. Saber por que não podia ligar e dizer o que queria. Por que precisava encontrar Luciano na estância. Mas ele gostava de ter vindo. Mesmo assim, foi por ela ter chamado que estava ali.

DIA 2

E por que ninguém sabe onde Alice está? Luciano acordou com esse pensamento. Amanhecer na estância era cedo e lindo. Foi até a janela receber o ar frio no rosto. Voltou para cama antes do fim do espetáculo e pensou no que Alice queria, por que não ligara direto para ele, por que não atendia suas chamadas, o que podia estar precisando. Mas não deixar ninguém saber onde está? Alice não era de fazer cena, de procurar atenção. Não. A razão daquele chamado inusitado havia de ser séria. Teria a ver com o garoto cuja paternidade recém-descoberta deixara Antero tão faceiro? Algum problema com a mãe? A bela Teresa, inatingível, será que o problema era com ela? Durante muito tempo Luciano achou Teresa mais bonita que a filha. Nas raras vezes em que Teresa se permitia um banho de sanga com a filha e amigos, a imagem dela saindo da água com os cabelos escorridos, os ombros largos, o queixo bonito, era marcante. Luciano a guardara para sempre. O tom de voz sereno quando falava com a garotada, a fala segura e, ainda assim, suave. Agora, adulto, Luciano achava que Teresa talvez fosse a mistura equilibrada dos vários femininos de uma mulher. Teria a ver com o recado de Alice? Quem sabe Teresa estivesse namorando alguém, era típico da filha ter ciúmes da própria mãe. Seria isso? Mas para que se abalar até ali? Tudo podia se resolver por telefone. Afinal, pouco havia que ele pudesse fazer a respeito. Isso podia ser feito num restaurante em São Paulo. Então Luciano lembrou de algo intrigante. Como Alice conseguira se liberar tantos dias do hospital e da clínica? Seu Antero esconde algo?

"Escondendo? Não senhor. Ela disse isso, que não ia falar por telefone."

"Mas não se sabe onde ela está?"

"Ninguém."

Luciano não sabia o que pensar. A Alice que conhecia era objetiva, sincera, sincera até demais. Nada de joguinhos e segredinhos. Ligações misteriosas, sumiços, tudo aquilo era insólito demais.

"To grávida", certa vez ao telefone. Luciano não falou. "Sabemos há quatro meses, mas tava sem tempo pra te avisar. Menino."

Sem tempo de pegar o celular e falar com ele? Bem, não era a primeira desculpa esfarrapada, mas provavelmente a primeira em assunto aparentemente importante. Importante para ela, porque para Luciano foi uma notícia grau 4 de interesse. Apesar de ter dormido muito pouco na noite seguinte pensando que gostaria que o filho de Alice com aquele sujeito chamasse Luciano. Bobagem. O sujeito jamais aceitaria.

"Muito bem, Seu Antero. Vem comigo? Vamos de a cavalo."

"Mas Dona Alice ainda não apareceu. Agora faz tempo demais.

"Duas noites?"

"E os dias também. 'Sorte pouca precisa de juízo muito', Seu Luciano."

"Mas que sorte pouca, Antero? Que é isso? Alice foi passear. Talvez uma queda do cavalo, talvez uma ida pra cidade e visita a conhecidos. Como tu sabe que ainda não apareceu?"

Apontou com o queixo para um menino meio encolhido no canto. Recebeu um meio sorriso de Luciano.

"Chegou de lá agora."

"É aquele de quem falamos ontem?" Antero faz que sim. "E como te chamas, guri?" E o menino, com a voz sumida.

"Antero. Terinho."

Luciano não esconde a surpresa. Vê no rosto de Antero a satisfação que sentiria se o filho de Alice chamasse Luciano. Sentia vergonha de pensar, de sequer cogitar receber esse tipo de homenagem. Vergonha. No entanto, pensava, e daí? Sentimentos surgem sem filtro. Filtros Luciano impôs à ideia mais tarde. O menino de Seu Antero parecia mesmo com o pai. Trouxera a informação do sumiço no dia anterior. Agora repetia e Luciano ouvia tudo com atenção, fez duas ou três perguntas e se levantou, impaciente:

"Vamos. O piá vai com a gente?"

"Conhece atalhos. É bom de achar caminhos."

E foram os três.

Cavalos a passo, Luciano tentava assuntos, mas o menino mal falava. Andando um pouco à frente, conduzia os dois homens por campos que em que Luciano jamais entrara, conhecia de passar ao largo. O menino era bom sinuelo. Logo a sede da Gerônimo estava à vista, ao longe. Mais uma hora e chegariam lá.

"O sujeito vai estar lá, Seu Luciano. Com o guri. Como é o nome do guri?"

Terinho, à frente, responde sem se virar, prova de que ia com ouvidos atentos:

"Renato."

Claro, nada de Luciano. Mas pelo menos não era outro Gerônimo. A estância era de bons campos, boas terras para plantio também. Mas não precisava de mais uma geração com o nome da estância. Olhava para a sede com admiração. Antero percebeu.

"É mais bonita que a nossa, né Antero. Que a Los Ríos."

"É de gosto, Seu Luciano."

Não, não era só gosto. A Gerônimo era uma estância maior, bem planejada, moderna, equipada. Érico, pai de Alice, fizera grandes investimentos na modernização. Dinheiro grosso, diziam. E com o novo açude espraiado bem diante da sede, o bosque na subida da coxilha atrás, a Gerônimo ficou sensacional. Luciano sentiu os aromas de seus amores e namoros com Alice tanto tempo atrás. Cheirou o ar e estavam todos lá.

Teresa veio recebê-los enquanto apeavam. Desde quando ainda era sua sogra, pedia que a chamasse de Teresa, e Luciano fazia este esforço. Alice não parecia com a mãe. Teresa tinha porte, o olhar firme, calmo. Irresistível. Alice tinha seu encanto, Teresa tinha também. Ambas bonitas, mas a filha não herdara o rosto bem desenhado, a beleza clássica, encantadora, da mãe. Ambas bonitas, cada uma a seu jeito. Em comum tinham a quietude, o autocontrole. Talvez a filha estivesse desaparecida, mas Teresa manteve o pescoço erguido, a expressão digna. Só o movimentar incessante dos dedos traía algum nervosismo. Luciano gostava dela, e parecia ser correspondido. Apreciavam as mesmas coisas. Os cavalos, de que ambos gostavam de forma especial. E, pelo que Luciano sabia, Teresa ainda montava com desenvoltura. Que idade teria? Uns cinquenta e sete? Um pouco mais? Não lembrava o ano de nascimento de Teresa. Desde o início fora sua aliada. Ficara ao lado do genro quando Alice resolveu terminar o casamento.

"Parece saudável, mas preocupado, Luciano.".

Ele sorri. Teresa encontrara uma maneira de dizer como ela mesma estava.

"Vim lhe convidar pra montar um pouco. Fazer suar um cavalo."

Ela abriu os braços e se abraçaram com carinho. O garoto levou seu cavalo para o galpão, deixando os outros dois amarrados ali.

"É bonito isso, mas não passa de gentileza. Obrigado, mas nós vamos almoçar e não monto depois de comer. Já enferrujei um bocado, Luciano, nem tentei mais. Fico achando que passei da idade de correr riscos. Ao almoço segue uma siesta. Contigo não é assim?"

"Seu Antero diria que hábitos também se inventam, Teresa."

Ela engatou no braço dele enquanto os conduzia até a figueira nos fundos da casa, onde uma mesa posta com simplicidade era enfeitada por dois pequenos vasos com flores, de que o marido não gostava e enquanto vivia não houve – agora toque típico de Teresa. Lá estava a amante de Antero cuidando de tudo. Mal olhou os chegantes ao cumprimentar de passagem de volta para a casa. Teresa também entrou para ajudar a servir a mesa. Atrás das duas vem Milton, o marido de Alice, o pai do garoto com quem realmente não se parecia. Era um homem bonito, que gostava de exibir o corpo em roupas apertadas. Apesar disso, difícil entender o que atraiu Alice nesse homem a ponto de ter um filho com ele. Às vezes o coração não tem boas razões. Era um homem de personalidade agressiva, impaciente. Nas poucas vezes em que estiveram juntos, Milton estava mal humorado. Como agora, quando dera um bom dia brusco e acrescentava irritação ao que dizia.

"Tua ex-mulher tá me fazendo de bobo, Luciano. O que seria isso aqui, afinal? Reunião de partilha? Achei que fosse, ou nem teria aparecido."

A princípio o sujeito parecia um porre, difícil entender onde se escondia o possível encanto. Luciano prestou pouca atenção enquanto Milton falava. Imaginava a vida diária ao lado desse homem. O cotidiano que fora a opção de Alice. Milton não parava.

"Vim com nosso filho. Viajar milhares de quilômetros. E o que acontece? Recebe a gente, explica alguma coisa? Nada. Mas você conhece isso. Agora ela desaparece no primeiro dia. Ou você tem algo a ver com isso?"

Era só o que faltava. Luciano achou melhor passar tranquilidade:

"Epa, não vem com essa. Sei menos que você. Pelo que entendi – você pode entender também, é fácil, – ela vai aparecer."

Teresa tentou apaziguar, apesar da evidente antipatia por Milton. Para que existiam os clichês, afinal?

"Gente, é simples: Alice resolveu pensar um pouco na vida. Concordo que sempre fez muito disso. No entanto, nunca é demais. Sei que está nervoso, Milton. Tudo logo se arranja."

Luciano reparou que, para Seu Antero, as coisas não pareciam tão inocentes. A expressão dura, o olhar baixo. Ou não gostava de Milton, ou lhe preocupava a situação. Ou ambas.

Luciano foi lavar rosto e mãos no banheiro. Secava o rosto quando ouviu uma caminhonete se aproximar. Portas abriram. Vozes, cumprimentos. Dois homens. Três? Foi até a janela, de onde só conseguia ver Teresa e Milton, Seu Antero mais ao longe. Conversa estranha, difícil ouvir: sobre Alice? Sobre o falecido Érico? Então ouviu nitidamente perguntarem, em portunhol, sobre os dois cavalos e Seu Antero se antecipou: "minha montaria e do piá."

Estranho. Não por falarem portunhol, não era raro por ali. Mas por que Seu Antero mentira sobre os cavalos? O princípio de uma inquietação foi tomando conta de Luciano. Enquanto secava as mãos, organizava os pensamentos. Para isso precisava de tempo. Os homens se despediram e Seu Antero olhou para ele na janela. Sabia o tempo todo que Luciano estava ali. O que era ainda mais intrigante. Voltou à mesa sem dizer nada. Encontrou todos sentados em silêncio. O almoço foi servido e as conversas comuns, sem importância, seguiram seus caminhos. Ninguém comentou a visita dos dois – ou três – homens. Mais importante: para aumentar a profundidade do açude, uma nova taipa. As espécies de peixes para povoá-lo. A abertura de uma nova lavoura, uma área de preservação e plantio de espécies nativas. Tudo importante e tratado como tal. Embora fosse possível pegar o clima tenso nas mãos. Luciano resolveu arriscar:

"E aqueles homens? Da caminhonete?"

A resposta de Teresa foi rápida.

"Interessados em terras. Na fazenda. Pediram autorização para fazer proposta."

"E precisa de autorização pra isso?"

"Comigo precisa." Teresa pareceu contrariada. "Ou podem procurar meu advogado."

"Não adianta nada sem Alice."

"Tu não sabe nada disso, Milton. E eu prefiro mudar de assunto."

"Como sempre."

O olhar de Teresa foi devastador. Mas Milton não pretendia recuar.

"Sem Alice não tem inventário. Sem inventário não tem venda."

"Pois fique sabendo que o inventário nem começou. E se não tem data pra começar, muito menos para terminar. Nada se fará sobre estas terras sem que Alice concorde."

Silêncio. Milton arrasta a cadeira e deixa a mesa e o prato servido. Teresa comenta enquanto estende a mão para a travessa de arroz.

"Um menino."

Que fosse sua opinião não era surpresa. O surpreendente foi externar daquela forma. Virou para Luciano.

"Mudei de ideia. Vamos montar depois da siesta."

Luciano confirmou.

"Queria conhecer o plantio de espécies nativas."

Mas Teresa não tinha terminado:

"Vamos só nós dois."

"Claro. Seu Antero tem labuta na Los Ríos. Me acompanha por companhia."

Encontrou Seu Antero nos preparativos para o retorno.

"Que foi aquilo, Seu Antero? Aqueles homens? Milton furioso, os segredos. Que está acontecendo?"

"Não tenho informe, Seu Luciano."

"Mas foi falar com os homens, Seu Antero. Alguma coisa o senhor sabe."

"Só acompanhei Dona Teresa. Por atenção."

"O senhor sabe de alguma coisa, não é?"

"Não sei bem o que é. Se não sei, não assopro."

"Os homens da caminhonete. "

Antero olhou por algum tempo, para Luciano, para o horizonte, para o infinito ali tão à mão.

"O senhor conhece aqueles homens."

Conferia os estribos, o comprimento das rédeas, a firmeza da sela.

"Gente que não presta, Seu Luciano. Gente de contrabando. Não posso provar, nada. Mas garanto que é. E dizem que no comando tem gente graúda do Uruguai."

Seu Antero montou e seguiu para casa. Para Luciano não fazia sentido. O que tinha Teresa a ver com contrabando? E Alice, teria? Naquela região, a fronteira próxima alimentava fantasias nas longas noites escuras do inverno do pampa. Nas noites sem lua, homens e mulheres murmuravam histórias para se aquecer. Mas o sumiço de Alice não era uma história de sombras e imaginação. Se esse fato estava relacionado a contrabando, contrabando de quê? Que havia por lá que também não houvesse por aqui? Não tinha visto os homens, mas a expressão dura de Teresa ele tinha visto muito bem. Conhecia esta 'gente que não presta'. Sem falar dos chiliques de Milton que, aliás, também dava a impressão de conhecê-los. Os homens. Eram "aquela gente". Os caras.

Acomodou-se na varanda e tentou cochilar um pouco antes do passeio.

Os campos da estância Gerônimo pareciam mais verdes e o capim parecia mais alto do que os campos da Los Ríos. Teresa, ao seu lado, montava bem. Escolheu andar pelos corredores entre os campos.

"Foi por aqui que vocês vieram hoje, não foi? Aquele guri conhece tudo destas bandas, ele pode. Comigo era perder o rumo na certa." Olhou Luciano por alguns segundos, olhou para o silêncio de Luciano e emendou: "o piá é filho do Seu Antero. Sabia?"

"Seu Antero acha que ninguém sabe."

Ela sorriu, complacente.

"Ele acha. Mas só quem não sabe é o menino. Nem com o nome cismou ainda. Seu Antero te contou? Ou foi Alice?"

Então era isso. Estava sondando.

"Não tenho conversado com Alice, Teresa. Ela não tem tempo. E nem vontade de falar comigo, acho. Nem eu com ela. Até pra vir aqui não foi Alice, foi Seu Antero quem me ligou. Também foi ele quem me falou do filho."

"Ele diz que meu neto não parece com o pai."

Luciano tentou não revelar surpresa, desviando o cavalo de um suposto espinheiro.

"Seu Antero fez esse comentário? Falou disso?"

Teresa achava o menino parecido com Luciano. Mas isso era impossível, Luciano garantiu. Teresa cala e deixa o silêncio falando por si mesmo.

Era uma boa tarde para cavalgar, armando chuva para os lados da fronteira, a temperatura tão agradável. Quero-queros em rasantes presunçosos voavam de um lado para o outro dos corredores. Daqueles lados não havia lavouras, só pecuária, as coxilhas, os campos, o pampa preservado. Olhava sem pressa, rédeas frouxas. Luciano não podia deixar de pensar que era bom andar ao lado de Teresa, da bela Teresa. Quando muito jovem, sentia calafrios quando ela o olhava. Tinha um olhar penetrante e, para Luciano, inesquecível. E continuava sendo assim. Caminharam em silêncio por tantos minutos que Luciano chegou a pensar que a conversa tinha terminado. Mas não.

"Conhece Diamantina, Luciano?"

"Diamantina?", repetiu como um idiota. Teresa olhou para ele e não disse mais nada. Aquele olhar. "Em Minas, né? Bem no norte. Não conheço."

"Acho que Alice está em Diamantina."

"Mas ela... ela está aqui!"

"Vou te contar algumas coisas que não sabe. E que são importantes saber."

Sempre reservada, era inédito que confidenciasse sobre qualquer assunto com ele. Tinha a impressão de que estava nervosa, e certamente estava, porque respirou fundo antes de falar.

"Pouco depois da separação de vocês, o Érico tomou umas decisões. Ele já vinha tendo um comportamento estranho, mas aí surgiu com essa ideia e tanto ele me martelou com seus argumentos que acabei concordando. Todas as nossas propriedades, as duas estâncias, dois prédios na cidade, os postos de gasolina, as chácaras... Tudo foi passado para Alice. Ela passou a ser dona de tudo."

Espiou com um pequeno deboche nos olhos sorridentes.

"E na tua vez ela não tinha nada, poxa!"

Agora, sim, uma risada pequena.

"Tua vez foi muito curta."

Muitos e muitos anos com Alice, Luciano pensou. E nunca vira este sorriso em Teresa. Também tentou sorrir, mas em vão.

"Foi Alice que quis se separar."

"Eu sei. Mas pensa assim: tua filha herda tudo isso."

"Prefiro pensar em Alice viva."

Teresa endurece a expressão.

"Não precisa ser agressivo", mas era cena. Sabia a que Luciano se referia.

"A senhora sabe a que me refiro."

Se Alice estivesse mesmo desaparecida e isso tivesse alguma relação com cartel de contrabando, não havia razão para sorrir.

"Sei. E espero que faça todas as suas perguntas agora."

Na opinião de Luciano, a inteligência fazia parte daquela mulher, deixava Teresa ainda mais bonita. Ela certamente conduziria qualquer interrogatório a seu modo, a seu feitio. Tinha perguntas, sim, a começar pela mais óbvia.

"Por que entregar tudo para Alice? Veja bem, Teresa, não é que Alice não seja adequada ou de confiança. Não estou dizendo isso. Não estou nem insinuando. Milton sabe?"

"Duvido. Não conseguiria esconder. Ou disfarçar."

Luciano gostou da comparação.

"Ao contrário de Alice, sempre boa de segredos."

Luciano lembrou que Alice levara dois anos para revelar um caso que teve quando Laura ainda era pequena. Tinha sido um caso com outra mulher, o que deixou Luciano muito curioso, mas nunca soube quem era. Uma colega, concluiu, afinal Alice passava dias inteiros nos hospitais. Nas noites seguintes pensava como seria ter um caso com outro homem, e viu que não lhe interessava. Ao contrário, pensar em Alice com outra mulher sim, como era de esperar.

A lembrança daquele caso ali, sobre o cavalo, intrigado com tantos acontecimentos, foi logo abandonada. Luciano não comentou nada, era provável que Teresa nunca tivesse ouvido falar desse episódio gay.

Teresa continuava a falar, queria que Luciano conhecesse os detalhes. Mudou um pouco a direção do cavalo. Passaram a cavalgar na direção das nuvens que se amontoavam pesadas no sudoeste.

"Tínhamos uma grande diferença de idade, quando Erico completou 65 anos, já era avô de Laura. Então Alice ficou grávida outra vez. Sempre achei que tudo começou justamente quando Érico se descobriu avô pela segunda vez. O incômodo era maior que o encanto. Um dia, no Rio de Janeiro, restaurante elegante, bom vinho, disse que sentia como se não tivesse tido nada. Como se tivesse deixado passar a verdadeira vida. De novo vi o problema, o incômodo ali, de repente, avô. Disse a ele. Respondeu que o verdadeiro incômodo era que, em sua vida, nunca tivera aventura. Não tanto quanto podia ter tido. E quanto gostaria. Em tempo nenhum. 'A vida passou por mim várias vezes, e eu não percebi. Não vi.' Queria mudar de ares. Novas vidas. Falava assim: 'novas vidas'. Na hora eu ri. Hoje acharia graça de novo."

Se havia emoção, Teresa a controlava. Luciano dizia nada, mesmo porque não havia o que dizer. Preferiu ficar ouvindo. Teresa.

"De que adiantaria dizer que todas as vidas são assim? Eu era bem mais nova que ele, e podia garantir que a existência é chata, monótona, ainda mais passada nestas estâncias do fim do mundo. Disse nada, não era hora de dizer. Achei uma tremenda bobagem, difícil de levar a sério. Ele dizia que, assim como existem pessoas que, depois de certa idade, resolvem fazer academia, ele queria aventura. Queria vida. Um conhecido comprou um 4x4 e fazia ralis semanas a fio. Érico queria também. Aventura. Aceitei, queria que fosse feliz. Aceitaria o que quisesse. Eu seria feliz com ele. Aí a coisa começou."

Parou o cavalo para observar uma revoada de pássaros. Falou olhando para o céu.

"Nas mesmas idades todos fazemos as mesmas coisas? Então."

Érico e Teresa começaram o que todo mundo começa nessa idade: viagens. Primeiro Paris, Roma, Berlin, Londres. Depois Rússia, Austrália, ilha de Creta, Dinamarca, Madagascar. No início tudo ótimo, eram bons hotéis, bons restaurantes. Mas Érico ficava entediado, chamava tudo de mesmice."

"Está acompanhando?"

"Sim."

"Logo não havia mais bons hotéis. Andávamos por bairros distantes, Érico falava inglês e italiano, eu só espanhol, então não entendia quando falava com as pessoas. Via que fazia perguntas que às vezes não respondiam. Mas geralmente não havia problemas. Falavam, apontavam direções. E seguíamos os caminhos indicados. Um dia, em Istambul, voltando ao hotel, havia um envelope para Érico. Ficou nervoso, não devia ser entregue na minha presença. Imagina se não fiz questão de ver o que havia no envelope, saber do que se tratava. No quarto jogou o conteúdo sobre a cama: um bilhete com um número, algumas letras e uma chave. Perguntei o que significava aquilo. Respondeu que eram números de uma conta e chave de um cofre. Significava que íamos para Amsterdã. 'Minha aventura', disse. Aquela noite começou a me contar. Érico estava fazendo contrabando de pedras. Contrabando de diamantes."

Uma cobra no caminho, que os cavalos perceberam primeiro, interrompeu o passeio. Os cavalos ergueram as patas, andaram para trás. Teresa manteve a calma, Luciano apeou e bateu os pés no chão repetidas vezes. Primeiro a serpente ficou atenta, pronta para o bote. Não parecia disposta a dar as costas a Luciano. Ele encontrou um galho seco e conseguiu afastar o bicho, que deslizou embora devagar.

"Jararaca."

Luciano sorriu enquanto montava.

"Sempre chamamos qualquer cobra de jararaca."

"Por aqui temos muita jararaca."

Luciano pensou que este não tinha sido um comentário inocente. A quem se referia? Teresa não estava cercada de jararacas, pelo contrário, tinha pessoas dedicadas e leais ao seu redor. Mas Luciano achou melhor não fazer comentário algum.

"Então, voltando. Em Amsterdã havia um monte de dinheiro nos esperando naquele cofre. Uma mala cheia. Depois Érico enviou a chave de volta. Junto com um saquinho de diamantes. Eu entendi na hora."

"Contrabando era a aventura."

"Claro."

Apontou para frente.

"Olha, vê aquele mato depois da sanga? Ali começa o plantio. O problema é encontrar mudas nativas. Nem as universidades fazem mudas de capoeiras, de macegas. Também existem aquelas de que não se pode fazer mudas. Então, de onde existe abundância tiro alguns exemplares e trago para cá. Estou fazendo transplantes, mas isso não faz muito sentido. Não é correto, é?"

Na verdade Luciano não tinha a mínima ideia, mas concordou que não era. Quis sugerir que simplesmente deixassem a natureza continuar seu caminho, mas Teresa se adiantou:

"Portanto, resolvi que continuaríamos a plantar as mudas que encontrássemos e no mais deixar a natureza fazer o que sempre faz." Olhou Luciano com os olhos semicerrados por causa da luz do entardecer. A voz ficou dois tons mais grave.

"Não esqueci, não. Continuo. Quando vi, estávamos indo a Diamantina com frequência e lá Érico desaparecia, às vezes dias inteiros, às vezes à noite. Eu não sabia se devia me preocupar ou não. A cidade me entediava. De lá, para casa, daqui para Montevideo. Comprou um motorhome para parecer que estávamos a passeio. Tá lá no galpão. O motorhome. Junto com dois caminhões frigoríficos. Usados para levar carne de cordeiro para Minas. Na verdade, tudo para o contrabando. De diamantes, de semipreciosas também, e estas só valem a pena em grandes volumes. Caminhões frigoríficos. 'Meus frigobares', dizia. Para arredondar, Érico se meteu com contrabandistas. Rota Minas Gerais, Rio Grande do Sul, Uruguai, Europa."

"Tudo por aventura?"

"Tudo. Dizia que podia dar cadeia, mas que não corria risco de vida. Nunca vi o Érico mais feliz. Nem quando do nascimento de Alice. Ele dizia: 'me sinto vivo! Vivo!' Eu gostava que se sentisse assim. Quantas pessoas você conhece vivendo com tanta euforia aos 60 anos? Quando soubemos da doença, em vez de apianar, intensificou o que chamava de trabalho. Concordei quando quis passar tudo para o nome de nossa filha. Ele temia que viessem cobrar alguma dívida monstruosa, que nunca entendi. Vai ver que passar a perna nos parceiros de contrabando fazia parte da aventura. Mas pelo jeito não é mais a aventura dele. Acha que aqui começa nosso pesadelo? Talvez não seja tão dramático, mas, afinal, Alice desapareceu. E os homens estão por aí, rondando."

Teresa deixa as palavras morrerem, olhando o início do ocaso derramar-se ao longo da infinidade de coxilhas.

"Sempre que olho ao redor, aqui, só duas palavras me ocorrem: infinito e eternidade." Encarou Luciano. "Érico morreu com muita dor, em agonia, mas feliz. Me disse isso enquanto gemia. E que eu procurasse um companheiro leal que me desse paz na vida."

Agora não tentava esconder o choro, as lágrimas, a dor da perda. Quatro anos? Três? Há quanto tempo Alice é dona de tudo? Cinco, sete anos? Desde o menino nascer? Que Milton não soubesse dava uma ideia do quanto ela confiava no pai de seu filho.

"Voltando agora a gente chega antes de escurecer."

Correr perigo daqueles só pela aventura? Não. Havia algo errado nesta explicação. Colocar a família em risco, arriscar a humilhação de ser preso num aeroporto ou numa fronteira? Não Érico. Um estancieiro pacato. Um homem conservador, amante de música regional, nativista, um homem correto.

"Deve estar se perguntando por quê. Perguntei tantas vezes a ele. E a mim mesma, porque dele só conseguia sempre a mesma ladainha do tédio, vida monótona em oposição a vida de aventuras. Não eram dificuldades econômicas, nunca houve isso. E de novo perguntava a mim mesma: por quê? De tanto repetir a pergunta, no fim Érico só sorria. Ele sorriu um pouco mesmo nos últimos dias."

Teresa olhava Luciano com intensidade, tentando uma leitura de rosto que lhe dissesse algo. Perturbado, Luciano cavalgava lento, cabeça baixa. Ergueu os olhos e encontrou os dela na função de penetrar seus pensamentos.

"Talvez não houvesse um porquê."

"Desculpa, Teresa. Difícil de acreditar."

"Eu sei. Não entendo até hoje. Mas o fato é que fez todo este contrabando, anos a fio, um fora-da-lei, gosto de dizer. Pelo menos parece mais divertido que criminoso. Um pouco mais divertido. Só um pouco. Não muito."

Os dois riram, mas ela não parou de rir. E riu muito, parecia ter perdido os cuidados, como se tivesse entreaberto os abrigos das emoções e estas agora passeassem liberadas e sem controle. E ria. E falava entre risos, mas o tom da voz era de lamento, um lamento que a Luciano pareceu cortante.

"Foi tudo uma loucura, não só Érico, eu também, mergulhada em loucura. Acompanhava Érico, estava em todos os lugares com ele, via tudo, corria os mesmos riscos. Mas nunca engoli aquela conversa de aventura. Alguém corre risco de vida por aventura? Em me importava com ele, que as coisas dessem errado. E eu tinha quase certeza de que dariam errado. Afinal, são criminosos, matam gente, não matam? Nunca se importou. Eu? O que eu fazia? Não me perdoo. Não fazia nada. Eu calava."

Teresa olhou duro para frente e conseguiu controlar a voz, mas Luciano via lágrimas nos olhos. Teresa chorava.

"Mas acontecia uma coisa e vou te contar por que quero que saiba de uma vez por todas. Eu pensava em ti, Luciano. Não sei por quê. E depois que ele morreu, continuei a pensar. A pensar o tempo todo, mesmo que tentasse negar com todas as forças, recusar o pensamento, não conseguia. E queria te ver. Não pergunta, não sei por quê. Vou dizer algo de que talvez me arrependa: sinto saudades de ti."

Baixou a cabeça, subitamente envergonhada. A voz saiu grave, como se não fosse dela.

"Meu Deus, o que estou dizendo. Desculpa. Desculpa. É esse assunto, os últimos anos todos foram tão inesperados, tudo foi. Quem podia imaginar? É muita loucura. Tudo isso traz tanta dor, lembrar aqueles dias tensos, as dores de Érico... Desculpa."

"Não tem problema. Não precisa se desculpar."

Olhou o chão por onde o cavalo pisava. Dissera que desculpas não eram necessárias? Mas, pensou, mas é que estou atônito, Teresa, eu entendi muito bem do que está falando. Não contaria quantas vezes a olhou com olhos encantados, não diria dos sonhos involuntários com Teresa. Por entender muito bem, estava pasmo. O que ela dissera era chocante, mais até do que toda a história do contrabando. Então pensou em Alice. E Alice? Do que sabia? De quanto sabia? Sabia de alguma coisa?

"Nunca deixei que Alice soubesse da qualquer coisa. Não deixei sequer que percebesse. Alice nunca soube."

Parecia ter ouvido o pensamento de Luciano.

"Também não sei se desconfiou. Ou se agora desconfia."

Olha para o horizonte à sua frente.

"Estou falando do contrabando. Das atividades do Érico, de tudo. Ela não sabe nada."

"Eu entendi do que está falando."

Teresa tinha os olhos cheios de lágrimas. Luciano cada vez mais preocupado com Alice.

"E onde está Alice agora?"

"Não sei."

"Tá com medo e se escondeu em algum lugar? Foi negociar com gente da pesada? Teresa, tu escondeu Alice?"

"Não, não, não, nada disso, acredita, eu não sei, não sei onde Alice está, isso vai me matar!"

Foi quase um grito. Um grito em voz grave irreconhecível. Apertou os lábios. Tudo sem tirar os olhos do infinito à frente. Luciano estava impressionado. Que ia pela cabeça daquela mulher? Quanto do que dissera era calculado, quanto espontâneo, quanto proposital? A emoção, as confidências... Seriam toda a verdade? Haveria algo espontâneo? O quê? O receio de Luciano era que, apesar das confidências, Teresa estivesse guardando algum segredo. A mulher era um mistério cada vez maior. A cabeça, as ideias e as tramas do coração não estavam muito claras para Luciano.

Anos atrás, em São Paulo, tinham saído para comprar enfeites de Natal. Alice passaria no hospital o dia inteiro e Érico ocupado com a compra de presentes. Gostava de ser ele mesmo a escolher e comprar tudo.

Depois das compras Teresa sugeriu um café. Chegaram as xícaras, a água e bolachinhas e ela revelou a preocupação com Érico. Muito entediado, muito desanimado, falava no fim das coisas e da vida. Aí, segredo máximo: Érico teve um enfarto. Ninguém soube e Alice também não devia saber. Aconteceu em Porto Alegre. O médico, amigo de anos, assumiu o sigilo. Mas Érico devia fazer caminhadas, exercícios, nadar, parar de comer seus alimentos preferidos e de beber do que mais gostava. Com algumas exceções, não estava cumprindo as recomendações com rigor, mas a vida seguiu em frente.

"Portanto: é um infartado."

Luciano tinha esquecido aquela conversa. O Natal passou, Érico e Teresa retornaram à estância, então aconteceram os meses de desgaste do casamento de Alice e Luciano e, enfim, a separação. Depois o afastamento gradual até que as comunicações estivessem aparentemente cortadas. Agora, de repente, lembrava tudo. E Teresa parecia ter ouvidos para pensamentos:

"Lembra daquela conversa num café, na época de Natal? Faz uns treze anos. Doze?"

Luciano estava pasmo. Ler pensamentos. Como ela fazia aquilo?

"Lembra como Érico parecia inquieto?"

"Achei que era um papai noel ansioso."

"Acho que já tinha consciência do tal vazio na vida. Tinha tudo, uma família formada, segurança financeira, tinha sobrevivido a um enfarto meses antes... E faltava. O quê?"

Olhou para Luciano como se o tivesse interrogado. Ele deu de ombros.

"Aquilo que ele disse? Aventura?"

"Acho que faltava o medo. Não podia ser um pioneiro. Mas ser um sobrevivente, queria isso. Acho que era no que acreditava. O infarto não bastava."

Olhou Luciano nos olhos.

"Não acredita nisso, não é? Eu compreendo."

As revoadas de pássaros tinham ao fundo nuvens de tempestade, que abriam frestas por onde espiavam cores do crepúsculo de outono. Luciano se perguntava o que aquilo tinha a ver com o sumiço de Alice.

DIA 3

No pampa não amanhecia, apenas. Era sempre um espetáculo de cores aquareladas e silhuetas, a coisa de que Luciano mais gostava na Los Ríos. Acordar cedo, maravilhar-se com o dia chegando e depois um bom chimarrão. Porém naquele dia não houve espetáculo. O cinza tomou conta do céu imenso já ao amanhecer e logo a chuvinha gelada cobriu todas as coisas. Chuva. Sentiu seus cheiros. Pensar em Alice chegou contra a sua vontade, e contra a sua vontade tomou conta dos pensamentos, do olhar, até dos perfumes da manhã, tomou conta de tudo, trouxe aflição e desgosto, estragou o início do dia. Sentiu que aquela torrente de perguntas encadeadas na torrente de perguntas seguintes estava prestes a começar. Preferia evitar aquilo, preferia não ser dominado por tantas perguntas, desde criança, desde sempre. Mas era.

Começou ao pensar em Alice. Estaria em algum lugar por perto? Talvez estivesse vendo aquela chuva. Ou tinha seguido os passos do pai? Saberia quais passos seguir? Saberia de Diamantina? De Goiás? De Montevidéu? Animou-se: e se ela tivesse ido a Montevidéu? Esta era uma boa alternativa. Montevidéu. Mais próximo da campanha onde estava. Nada além de um dia de carro. Sentiu que gostava da ideia. Mas fazer o que no Uruguai? Mais contrabando? Resolveu tentar pensar como Alice. Então ela sabia do contrabando (recusou a palavra crime). Sabia? Teria ido procurar aquelas pessoas para pagar a dívida do pai? Isso já era mais complicado, não estava claro que dívida era aquela. Para Luciano pareciam conversas malucas. Teresa também, abduzida por essas histórias exóticas. Que dívida? Quanto Alice sabia de tudo isso?

A grande questão, a pior de todas, era se tivesse sido sequestrada. Por alguém, pelo bando. Luciano não tinha certeza se contrabandistas faziam isso. Seriam perigosos? Afinal, não eram milicianos ou traficantes, esse tipo de crime organizado, nunca tinha pensado nisso, que contrabandistas pareciam menos violentos. Então lembrou dos tiroteios de contrabandistas de cigarros ou de produtos farmacêuticos com a polícia. Matavam pessoas. Sim, matavam. E quem podia garantir que não havia milicianos envolvidos? Tentou pensar em outra coisa, mas os pensamentos não obedeciam. Será que Teresa sabia desses perigos?

Muito de repente, a vida parecia ter ficado para trás. Cogitava que sua ex-mulher tivesse sido sequestrada por contrabandistas. Fantasioso, absurdo. Como numa série Netflix, sua vida se transformara em ficção. E, neste sentido, numa improbabilidade. Tudo tão estranho. Pensou na vida calma de São Paulo, o dia a dia de corretor de commodities, a tranquilidade tão conhecida e que agora lhe faria tanto bem. Queria sua vidinha de volta, pensou, voltar uns dias, retroceder, não receber recado de Antero, não saber de nada de desaparecimentos, de Seu Érico fazendo contrabando, de Teresa indo com ele...

Pensou em Teresa. Não tinha certeza do que havia sido aquela conversa. Estava fora de si ou apenas contando a verdade? Chorou por Érico. Fazia sentido. Não chorou por Alice, não havia por quê. Mesmo assim estranhou que parecesse pouco aflita. Disse que pensava em Luciano. Pensava nele? Agora, de manhã no quarto, antes do chimarrão, podia ter mais clareza. Uma declaração? Não parecia. Estava perturbada. Mas, por outro lado, claro que parecia. No entanto isso sempre passava por sua cabeça, toda mulher bonita o levava a isso. O diabo é que parecia, sim, uma declaração. Mas tinha cabimento? Era seu genro, ex-genro, uns quinze anos mais jovem. Conhecia Teresa desde quando era criança, impressionado com a mulher não muito mais velha que ele, tão bonita e altiva. Sempre tinha gostado das mãos, as mãos de Teresa eram lindas. Mesmo no dia anterior, pareciam tão belas, perfeitas. As mãos de Teresa. Falava um português perfeito e exigia o mesmo da filha. E de Luciano também, sempre que podia. Chamava-a de Dona Teresa, uma figura de cabelos presos que só soltava na sanga ou para galopar. Então tudo que pudesse ser fino e elegante no mundo parecia estar em Dona Teresa. Lembrou Dona Teresa na sanga com os garotos e garotas das fazendas, maiô e cabelos soltos, ensinando jogos com bola, brincando com todos. Divertia-se muito, sempre discreta, sempre composta, sempre adequada. Uma aristocrata do pampa.

Sorriu ao pensar nesta expressão. 'Nossa, agora tu pegou pesado, Luciano,' disse a si mesmo. Aristocrata do pampa parecia tão tolo, expressão literária demais. Um dia ela pediu que a chamasse apenas de Teresa. E assim foi desde então. Mas por que falar que pensava nele? Preferia não pensar nisso outra vez. Não tinha sido importante. Ela chorava enquanto falava da filha e do falecido marido, assim ele, talvez meio que por acaso, entrara na lista. Nada demais, 'não se dê tanta importância, rapaz.' Descobriu roupas de que nem lembrava mais penduradas no armário. Despiu o que tinha vindo de São Paulo e vestiu as da estância. Por um dia, a rigor.

Chimarrão na varanda com Seu Antero. Um quase mudo como sempre, outro afundado em perguntas sem repostas. Além das cogitações. Encontrou Seu Antero sentado com a cuia na mão e, logo depois dos bons dias, perguntou por Alice.

"Nada."

Esperou a cuia chegar.

"Seu Antero, podia ser feita uma lista de lugares aonde Alice sempre ia, amigos, parentes, cidades... Não é possível sumir assim, em plena era dos celulares, da comunicação e do mundo online."

"Os dois celulares ficaram no carro."

"Ela pode ter outro. Pode ter mais de um com ela, números que a gente nem conhece."

"Mas então não é de serventia."

Seu Antero não colaborava. Pelo contrário, acirrava aflição de Luciano.

"Sabe qual é o carro dela?"

Mal mexe a cabeça.

"Não. Uma caminhonete", e quase sorriu. Todos andavam de caminhonete. Pessoas com menor poder aquisitivo andavam de caminhonete velha. Números de telefone que ninguém conhece, carro indefinido, nenhum recado além daquele primeiro. Difícil.

Mas Alice sempre fora difícil. Falava pouco e nem sempre de forma gentil. Nos hospitais, os colegas reconheciam, uma boa médica, talvez porque fosse expansiva e simpática com pacientes. Por certo era o que mais gostava de fazer: medicina. Ou assim parecia. Ou assim ele queria acreditar.

Mas exclusivamente com pacientes. Diante da dor, do desconforto, da necessidade de cuidados dos pacientes. Em casa ficava em silêncio. E estava cada vez mais ausente. Começara com os plantões de 24 horas ainda durante o curso. Depois, durante a residência também, 'para ganhar dinheiro pra nós.' Sem que fosse necessário, na conta bancária chegavam depósitos da estância com regularidade, mas fazia aqueles plantões mesmo assim. Luciano tinha um salário razoável para um economista no início de carreira. Somado aos ganhos de Alice, tinham uma vida confortável.

O tempo chuvoso estimulava a inventar tarefas. Dirigir um pouco, tomar um café, quem sabe encontrar algum colega de infância.

"Vou a Bagé. Talvez algum amigo antigo me esclareça."

"Isso é sorte."

Seu Antero sempre tinha a palavra certa para encerrar qualquer conversa.

As largas avenidas de Bagé. Os casarões, as portas de madeira entalhadas. Os restaurantes, fechados, mas havia os cafés. Luciano começou por um destes, na avenida Sete de Setembro, que chamavam de "sete". A Sete e seus cafés. Descida no movimento confuso dos carros. A garoa fraca deixava o calçamento brilhante, as calçadas repletas de guarda-chuvas em movimento ondulante avenida abaixo, bonito de se ver. Não fazia frio, mas poucos se arriscaram sem casacos. Conhecidos no café, saudações, perguntas, eventualmente algum interrogatório sobre São Paulo, sobre as tendências dos preços no mercado do dia, sobre Alice e a filha. Então devolvia a pergunta: Alice andava pela região, não a viu por aqui? Sim, há uns dias, ela e um outro sujeito, um alto risonho demais. (Risonho demais! Essa era muito boa. Risonho!), fora vista jantando no uruguaio. Luciano entrou em estado de alerta.

"Uruguaio?"

"O Parrilla los Pampas. Não é do teu tempo."

"Carne muito boa. Acompanhamentos ótimos."

Parecia publicidade. Olhou sorridente e desconfiado para o grupo formado ao seu redor. Um, que hoje era dentista, encerrou o assunto:

"Pra mim, um dos melhores de Bagé. Mas é só à noite."

Claro, por isso tinha visto Alice e Milton num jantar. Mas isso já fazia alguns dias, ninguém sabia exatamente quantos. Três? De lá para cá, nada.

"Tu tá correndo atrás da Alice de novo? Cuidado, da última vez acabou casando."

Muito engraçado. Antigos colegas de escola, uns conhecidos dele, outros conhecidos de Alice, nenhum amigo. Não tivera muitos, dois ou três? Menos, muito menos. Bruno era, e o encontrou ao chegar no carro. Ele corria atravessando a rua.

"Tu em Bagé!"

"Oi, Bruno."

Seu amigo Bruno. O único médico negro de Bagé. Desde os quinze anos, inseparáveis. As peladas, os banhos de sanga, as colas nas provas, os bailes no Comercial. As corridas de carro pelas estradinhas da colônia, assustando as filhas comportadas das famílias alemãs. Abraços apertados. Bruno era um legítimo filho de Bagé. Família de comerciantes, um negro que resolveu ser médico sem sair da região, formado na universidade local.

"Não sabia que estava aqui."

"Negócios pra ver."

Não perguntava mais sobre política. Anos atrás, para eventual desespero da família, Bruno tentara ser vereador, fez 108 votos que não o elegeram, tentou ser prefeito com 24 anos e perdeu de novo. Enfim, desistiu das candidaturas, resolvido a fazer serviço social com medicina. O que ainda fazia de forma admirável.

"Tua ex andou por aqui."

Luciano tentou um ar despreocupado, não ia revelar os últimos acontecimentos a Bruno, ainda mais os contextos tão difíceis de explicar. Érico, contrabando, uruguaios, diamantes para Europa, Dona Teresa chorando, por onde começar? Melhor não.

"Tu viu? Conversou com ela?"

Ansioso demais. Bruno olhava com ar zombeteiro.

"Nossa, que aflição."

"Vamos sair da chuva. Te dou uma carona."

"Pra onde?"

"Um café que não seja este."

Bruno indicou o caminho, mas pouco conversaram, tinha horário no hospital. Luciano reconhecia o motivo, quantas conversas não deixara de ter com Alice? Por insistência de Bruno, marcaram jantar na casa dele, à noite.

"Vais gostar da Helena. É carioca."

Luciano não entendeu se ia gostar por ser casada com seu melhor amigo de infância ou porque era carioca. Deixou Bruno no seu carro e resolveu voltar e almoçar na estância.

Guardou a caminhonete nos fundos, no galpão, ao lado do caminhão de transporte de gado. A chuva dera uma trégua, até um fiapo de sol dava brilho à folhagem da figueira. Seu Antero chegou correndo:

"Desculpa, Seu Luciano, não tenho tempo pra explicar. Vou esconder o senhor."

"Esconder? Por quê? Como?"

"O senhor confia em mim?"

Claro que confiava. Mas era pergunta estranha de se ouvir. Mais estranho ainda ser puxado pelo braço, às pressas. Antero Abriu a tampa do poço seco perto das taquareiras. Luciano parou, incrédulo.

"Aí? Quer que eu entre aí? Tá louco? Seu Antero, só se me contar o que está acontecendo."

"Tão procurando o senhor. Já vieram mais cedo. Eu disse que não sabia de nada. É gente ruim, confia no que to dizendo. Ficaram nervosos. Bem nervosos, Seu Luciano. Vão voltar e revistar tudo. Não quero outro desaparecido. Por favor."

"Por quê? Quem mais está desaparecido?"

Seu Antero não respondeu e nem precisava. Luciano sentiu vergonha. Luciano nem precisava ter se desculpado. Olhou dentro do poço. Estava escuro, não se via nada.

"Entra. São três metros."

"Mas... Tem água."

"Tá seco."

"Da chuva."

"Por favor, seu Luciano. Depois ajudo a sair."

Luciano entrou. Pendurou-se na borda, olhou para o reflexo da boca do poço na água parada no fundo. Torceu que não tivesse águas profundas. Tomou coragem e soltou as mãos. Caiu sentado.

"Êi, não são três metros!"

"É? Então são quatro. Ou quatro e meio. Agora, com todo respeito, fique quieto, seu Luciano. Estão chegando."

Arrumou duas tábuas velhas sobre o buraco. E Luciano ouviu os passos se afastando. Olhou ao redor. Seus pés estavam submersos em cinco centímetros de água. Paredes de tijolos já comidos pelo tempo e pela umidade. Um cilindro de tijolos velhos empilhados. O que aconteceria agora? Uma visita de ratos? Um ataque de claustrofobia? Achou graça. 'Mas o que estou fazendo aqui? Por que não estou na corretora, trabalhando?' Pensou no apartamento em São Paulo, onde talvez estivesse preparando um almoço para alguma namorada. Que estava fazendo ali, naquela maluquice?

Não parecia maluquice para Seu Antero, isto era verdade. Luciano lembrou dos homens do dia anterior na estância Geronimo. Agora na Los Ríos. E Seu Antero parecia de fato assustado. Ou só parecia? Ou, como diria ele mesmo, estava 'se fazendo'? Não, não brincaria assim. Nem a pedido de alguém.

Ouviu um carro chegar. Mais de um. Vozes ao longe, mas passos perigosamente pertos. Havia gente por perto do poço. Veriam a caminhonete com placa de Belo Horizonte? Carros alugados no Rio Grande do Sul têm placas de Belo Horizonte. Talvez nem procurassem atrás do caminhão. Mas podem procurar. Neste caso apenas veriam uma caminhonete qualquer. Vozes. Não muito claras. Algo como '...separados há muitos anos... quase não vem... se tava na cidade pode só estar de passagem. Ou vai aparecer por aqui'. Este, sem dúvida, era Seu Antero. Outra voz mais irritada e mais grave. Aliás, muito grave e com sotaque.

"Não quero perder a viagem, o senhor entende?"

Uruguaio. Certeza. Os outros provavelmente também. Luciano lembrou dos uruguaios de Érico, do recado estranho, do sumiço de Alice. Compreendeu que era por isso que estava no poço, tremendo de medo. Por causa de Alice. Outra das dela.

"Avise... à noite...queremos ter... sente falta... desafio."

Passos. Conversas em vozes muito baixas. Portas de carros. Motores se afastando. Animou-se. Hora de sair dali. Mas nada de Seu Antero. Teriam deixado alguém lá? Como vigia? Resolveu aguardar sem fazer ruídos. Sentado no chão úmido, as costas doíam. O tempo passava devagar. Aflito, mas quase imóvel para não fazer ruído. Enfim ouviu outra porta e mais um carro se afastou. Silêncio. Mais um tempo e um tempo que pareceu não ter fim. Agora Luciano estava realmente ansioso, próximo de uma crise de claustrofobia. Mas imóvel, encolhido de cabeça baixa, os pés gelados dentro da água. Nem passos, nem vozes. Então por que Seu Antero não vinha providenciar o resgate? Uma possibilidade o deixou paralisado: e se levaram Seu Antero com eles? Tipo para interrogar? Usariam violência? Mas afinal, quem era aquela gente que sequestra uma mulher e depois o gerente de uma estância em pleno século XXI? Bem, nada de novo, nem no século XX, nem neste. Sequestros, extorsões, desvio de verbas, monopólios ilegais, milícias, nada mudara tanto assim quando o século XX terminou. Tentava evitar, mas estava em pânico. Se tivessem levado Seu Antero, como sairia do poço? As meninas? Elas estavam sabendo do esconderijo? Será que podia chamá-las? E se ainda tivessem deixado algum dos homens para trás? Luciano entendeu: estavam atrás dele. Não podia correr o risco de gritar pelas meninas. Seu Antero deixaria as duas encarregadas de retirá-lo do poço. Por outro lado, podia não ter tido oportunidade de dizer às filhas. Por isso estavam demorando. Ou talvez ainda fosse perigoso sair.

"Meu Deus!"

Não gostava de expressões religiosas na boca de um ateu, mas que outra melhor em português? Esses homens. Seriam capangas? Ficam de tocaia? Mas afinal, quantos carros eram? Quantos podiam ser? Quatro? Cinco?

Tentou alguns exercícios de respiração para controlar o nervosismo, a taquicardia. Devia estar em São Paulo, não num poço, pés gelados e com medo de uruguaios. Alice diria: 'tá vendo? Não quer ser diplomata? Tua primeira interferência num conflito internacional.' Alice não era assim, mas acabou sendo isso. Uma baita parceira. Ok, sem ironias, bem que queria que Alice estivesse ali. Saber por onde andara já não tinha importância, queria que estivesse ali. Tudo resolvido, uruguaios apaziguados, dívidas pagas, queria Alice chegando na Los Ríos. Porque então saberia que viera tirá-lo do poço. Também era impossível não perceber a metáfora. Alice perceberia na hora. Pensou na hipótese de Alice aparecer, a cabeça surgindo no alto do poço, certamente faria algum comentário jocoso, algo como seu destino seria tirar Luciano do poço. 'Não um poço muito fundo, né, mas uma ideia de poço.' O humor de Alice não tinha graça. Ela que se esforçasse em pagar as dívidas da família.

Resolveu ficar acocado, sentado sobre os calcanhares. Doía o pescoço de tanto olhar para cima. Quanto tempo estava naquele poço? Quanto tempo mais teria de ficar? Passaria a noite? E se ficasse com sede, ou precisasse urinar? Bem, bastou pensar nisso que a vontade chegou. E chegou avassaladora. Ergueu-se devagar, os joelhos estalaram e Luciano ficou imóvel. A que distância se ouvem estalos de joelhos? Depois de vários segundos levou a mão e abriu muito lentamente o zíper da calça. Inclinou o corpo para que não houvesse o som do líquido contra os tijolos do poço. Foi um alívio, um grande alívio. Quase prendeu o zíper quando ouviu o ruído de passos se aproximando. Mais de uma pessoa. Tratou de guardar o membro rapidamente, sem cuidar com respingos. Os passos chegaram, as tábuas foram removidas e as cabeças das gêmeas de Seu Antero surgiram.

"Seu Luciano! Tudo bem?"

"Tá, tudo bem, sim."

"Ai, que alívio. Nós tava preocupada com o senhor. Já vamo trazer a escada."

"Quando chegar à superfície, quero detalhes!"

Luciano achou admirável que ainda tivesse algum humor, mas as meninas não riram. Logo apareceram com a escada e o pesadelo terminou. A tarde já ia longe. Eram quatro e meia, estava há mais de cinco horas no poço.

"Cadê Seu Antero?"

"Foi com os homens. Nossa, uns esquisitos, né mana?" A outra concordou. "Mas não sei se era gente ruim. Só que castelhano. Gente que não ri."

"Sabiam onde eu estava, né."

"Pai avisou quando os castelhano tavam chegando."

"Quando tavam indo, pai disse: tirar o pão do forno em meia hora.

Queriam rir, mas tiveram que se segurar. Luciano não pôde evitar, sorriu também. Meia hora? Por que não dez minutos? Por que não imediatamente? Que conversa era aquela? De fato, sentiu cheiro de pão. Talvez fosse a hora de tirar do forno também. Então soube da história toda, a que as meninas viram. Chegaram os carros – foi quando o pai falou do patrão no poço – e saíram os homens. Queriam falar com seu Luciano. Pai falou que não estava, mas não acreditaram. Um disse que dariam uma olhada, para o caso do pai não ter percebido que Seu Luciano estava lá. Aí o outro disse: 'ou se esquecido'. Como podia o pai esquecer coisa destas? Aí os dois mais velhos puxaram o pai pra fora, lá pra chuva, pra conversar se molhando. Aí não deu pra ouvir quase nada, mas ouviram o nome de Alice e a palavra pontos. Falaram um tempão. Aí um disse: parecem detalhes, mas não são. Isso uma delas ouviu com certeza absoluta. E teve a coragem de chamar: 'pai, sai da chuva!' Então pra surpresa das duas, vieram os três para a varanda. Ensopados. Começaram a falar entre eles, era castelhano e outra coisa baixinho que podia ser também. Começaram a ir embora, mas aí um disse, 'nunca mais vou esquecer na vida!', que o pai ia junto. Só pra conversar com calma, pra ensinar o caminho até a Gerônimo, como se eles não soubessem. Os que tinham olhado a casa por dentro também saíram, veio um dos fundos, mandaram retardar um pouco, ele voltou prá lá. As duas entraram para observar do quartinho ao lado da cozinha, onde dá pra ver tudo. E toda hora tinha alguém caminhando perto do poço, uma aflição! Enfim estes também se foram. Então esperaram a meia hora e foram soltar Seu Luciano do poço velho.

E Seu Antero? Devia tentar ir atrás dos homens e ter certeza de que seu Antero estava bem? Não, claro que não. Era de Luciano que estavam atrás. Então por que levar Seu Antero? Era naturalmente reservado, difícil descobrir alguma coisa numa conversa comum. Mas desde o início sabia que não eram boa gente. E Teresa? Será que a levaram também?

Pensamentos e Antero e Teresa. Homens procurando o ex-marido de Alice, Alice desaparecida, as dívidas de Érico. Pensamentos em turbilhão, um tsunami incontrolável de perguntas que faria a Teresa. Estava na varanda, tentando limpar um pouco da lama e da sujeira nas roupas com uma escova que as meninas providenciaram. Depois, um banho faria o resto. Resolveu que o poço seria aterrado, não haveria mais qualquer indício de poço no lugar. A caminhonete de Teresa se aproximava. Gostou disso. Tinha perguntas a fazer. Mas era intrigante como ela fazia isso, chegar naquele preciso momento? Como eram possíveis tantas coincidências?

Teresa chegou com Terinho, que logo desapareceu no interior da casa com as meninas. Teresa tomou assento sem que lhe tivesse oferecido. Mexia as mãos, nervosa. Sem tirar os olhos dela, Luciano também se sentou numa das cadeiras da varanda que deixaram de parecer confortáveis. Pela primeira vez notou aflição na sempre controlada Teresa.

"Não se preocupe, Seu Antero vai voltar."

Um pouco difícil acreditar que ela pudesse ter tanta certeza. Mas ela ouvia Luciano pensar.

"Passaram lá em casa pra dizer isso. Precisam dele pra mostrar um caminho antigo por dentro dos campos."

"Passaram na sua casa pra dizer isso? Que gentil da parte deles."

"Agora quem eles querem é tu, Luciano."

"Pra isso eles têm Alice."

Ela calou por uns instantes.

"Pois é. Acho que eles não têm."

"Ela sumiu por acaso? Caiu num penhasco com o cavalo e tá lá, morta, debaixo do animal?"

Teresa olhou para ele ressentida. Um olhar comprido e fininho.

"Desculpa."

"Tenho certeza que minha filha está viva."

"Desculpa, Teresa, mas esta é uma expectativa. Mas não é certeza."

"Conversa de economista. Não é hora."

Luciano conteve a fúria. Conversa de economista? E que tal se Teresa mostrasse um pouco de sentimento de mãe? Nada de sofrimento, olhos molhados, preocupação? Só esta baboseira neurolinguística de 'tenho certeza que está viva?' Luciano bateu a mão na braçadeira da poltrona, mas ela ergueu a sua antes que ele falasse qualquer coisa.

"Não diga. Peço desculpas."

"Não ia dizer. Por isso esmurrei a poltrona."

"Tá bem." Ajeitou-se um pouco. "Vim aqui para esperar Seu Antero. Está claro que tu não pode estar aqui quando voltarem. Precisas te esconder. Não dentro de casa, nem no galpão ou nas taquareiras. Não adianta ir pro campo porque devem ser campeiros, acabam te encontrando. Não subestime estes sujeitos."

Seria possível que voltaria ao poço? A simples ideia lhe deu náuseas e pediu licença. No banheiro bebeu toda a água que conseguiu e lavou bem o rosto. Podia voltar com a cabeça erguida, mas neste meio tempo as meninas já tinham contado sobre o esconderijo. Pelo menos Teresa não riu.

"O poço é uma boa ideia. Te esconde bem escondido, Luciano."

Boa ideia porque não é tu. Pensou, mas não disse nada. Dessa vez levou uma garrafinha de água e um banquinho. Não sabiam quanto tempo aquilo podia durar. Escondido de todos pegou um rolo de papel higiênico. Quando recolhiam a escada e ajeitavam as tábuas sobre a cobertura pediu que deixassem uma fresta maior. As meninas vacilaram, mas Teresa fez que sim. Luciano olhou aqueles tijolos na parede circular. Agora estava escuro. Tinha certeza de que vira uma barata. Olhou para a fresta acima. Outra vez sentiu muita falta de São Paulo.

Não demorou para ouvir um carro, portas batendo. E o carro se afastando. Uns dez minutos depois o próprio Seu Antero removeu as tábuas e desceu a escada.

"Fez bem em voltar pro poço. É seguro."

"É. Vou instalar TV a cabo, água quente, vai ficar ótimo." Estendeu o rolo de papel a uma das meninas. "Não usei."

Teresa já sabia dos amigos do café e do encontro com Bruno.

"Devia tomar mais cuidado. Aqui a chuva é gelada."

Irritado, Luciano quis saber como tomara conhecimento de tantos detalhes, fora a um café no meio daquela manhã, um encontro por acaso com Bruno, quem fizera este relatório?

"Ninguém fez relatório. Nem mandei te seguir. É muito mais simples. As pessoas veem, as pessoas falam."

Veem é o caralho, pensou. Mas não disse nada. Nunca dissera palavrões diante de Teresa e não era aquela a situação para começar. Fez um sinal a Seu Antero sobre as gêmeas e Terinho."

"Tranquilo."

"Teresa, Seu Antero, tenho umas perguntas antes de entrar no banho. Preciso saber a verdade."

Os dois aguardavam sérios. Luciano tinha tantas perguntas que sabia que viriam uma atrás da outra, desorganizadas como ele normalmente não faria.

"Por que Alice sumiu? Vocês sabem de alguma coisa? Tem a ver com esses homens? Eles estão com Alice? Por que estão me procurando? Por que Antero e depois tu, Teresa, por que me esconderam no poço antes de falar com os caras? Duas vezes? Cadê Alice? Por que ela corre risco? Por que pediu que Antero me chamasse? Que tá acontecendo aqui?"

Teresa muito controlada como sempre. Ninguém escondia nada. Não dele. Alice chegara com o marido e o filho há uns dias. Até então jamais vira aqueles homens. Olhou rapidamente para Seu Antero:

'nunca antes, em tempo algum.' Seu Antero não movia os olhos dos campos à sua frente, pareceu não notar o olhar de Teresa.

"Nem na época de Seu Érico?" Era visível que Seu Antero percebera o olhar. Como ele e Teresa faziam estas coisas? Ouviam pensamentos, apareciam quando se falava o nome, viam coisas sem olhar para elas? Luciano respirou fundo. Tudo impressão, estava estressado, agora só queria entender algumas coisas, a começar por que Alice pedira que viesse. Luciano disse isso.

"Achei que pudessem ser problemas com o inventário, então vim."

"Minha filha está com medo de alguma coisa ou de alguém, ou não sumiria assim."

Antero tinha a voz clara e o rosto duro:

"Não tava com medo quando falou comigo, Dona Teresa."

"Ou ela disfarçou e o senhor não notou."

Seu Antero respirou fundo.

"Um sujeito tapa o sol e faz sombra. Mas o medo não se pode tapar. A sombra do medo é mais medo."

Ninguém parecia estar pensando e Luciano estava se lixando para aquela conversa. A voz saiu com mais irritação do que gostaria.

"Chega, quero saber: quem são estes caras? Por que fui pro poço? E, porra, merda, cadê Alice?"

Foda-se. Declarava os palavrões liberados. Se não gostava, Teresa não demonstrou:

"Não precisa ser rude. Acredite, Luciano, contei o que sabia. Acho que Seu Antero sabe ainda menos." Antero assente. "Ouvi dizer que uns homens andaram fazendo perguntas por aí. Alguém citou teu nome. Me avisaram, avisei Seu Antero."

Seu Antero de novo, a voz grave e clara:

"Sabia que o poço era o lugar mais seguro."

"Chega. Não quero mais ouvir falar desse poço. Tão me gozando?"

"Que é isso, Seu Luciano."

"Ninguém tá brincando com ninguém." Teresa já não escondia a aflição. "Estamos muito preocupados. Também não entendo: por que tu? Digamos que a pessoa com quem querem mesmo falar seja Alice. E não a encontram. Então resolvem chegar em ti? Por quê? Pra chantagear Alice? Não seria mais óbvio procurar o Milton?"

Luciano adorou concordar:

"Sim. Seria."

Ninguém riu, mas só porque não era momento de rir. Luciano continuou:

"Cadê o Milton agora?"

"Levou meu neto para o freeshop em Aceguá. Não procuraram o Milton. Perguntaram por ti e só por ti."

"Melhor eu cancelar o jantar na casa do Bruno." Teresa e Antero olharam surpresos. Ela estava realmente surpresa.

"Jantar no Bruno Medeiros? Hoje? Tu acha que pode sair por aí e visitar amigos?"

Luciano estava impaciente.

"Eu falei cancelar, não ouviram? Calma, Teresa. Calma, Seu Antero."

Sentiu-se um tanto cansado daquilo tudo. Ligaria para Bruno e cancelaria o jantar. Enquanto isso, Teresa queria descobrir um jeito de tirar Luciano de lá. Mas ele não admitia nem pensar nisso enquanto não soubessem de Alice.

"Temo por minha filha... e por ti, Luciano."

Antero não tirou os olhos da paisagem e agora Luciano já estava entendendo que isso queria dizer que compreendera o que Teresa falara.

"Não precisa, Teresa, sei me cuidar. Nasci nestas bandas."

"Alice também. Temo mesmo assim. Vou descobrir como te tirar daqui." Luciano pediu:

"Deixa, Teresa."

Mas ela não iria deixar.

"Boa tarde, Luciano. Seu Antero."

"Boa tarde, Dona Teresa."

E partiu levando Terinho com ela.

"Não disse mais porque não sei, Seu Luciano."

"Mas conhecia os caras."

"Não. Há dias tão falando de uns sujeitos andando por aí, diziam que no meio tinha uruguaio. Liguei os acontecimentos."

Não chovia mais e, para os lados do Uruguai (logo do Uruguai) o céu se abria em cores delicadas. As chuvas eram raras no outono, época de longos crepúsculos e amanheceres frios. Luciano estava irritado, pouco habituado a não obter respostas a suas perguntas. Como corretor, analisava tendências, expectativas, mas isto era feito sobre fatos, sobre dados, sobre balanços e balancetes. Um conjunto de dados objetivos gera tendências e estas um leque de expectativas. Além da montanha de dados objetivos, optar dentro desse leque tinha algo de intuição, de premonição, alguns colegas gostavam de pensar que havia mágica envolvida. Depois davam risada. Seguem-se outros fatos, que são as respostas às expectativas e aqueles que mais se aproximaram do que o futuro terminou por revelar ganham. Era isto. Dados que sugerem fatos. Basta esperar por eles e logo as sugestões terão suas respostas. Mas na sua situação atual, que fatos havia para examinar em que já não tivesse exaustivamente pensado? Farto, de saco cheio daquilo tudo. Alice. Pai de Alice. Diamantes. Homens. Uruguai. Luciano procurado. Fatos.

Bruno ao celular. Fez um curto relato que incluiu o desaparecimento de Alice e os homens procurando por Luciano um pouco antes. Omitiu o episódio do poço, o gesto um tanto rocambolesco o envergonhava. Conversar rapidamente sobre os acontecimentos era uma coisa. Cancelar o jantar, outra bem diferente. E isso Bruno não aceitou. Nem aceitou deixar o amigo à mercê daqueles homens. Havia um jeito de tirar Luciano da estância. Depois de bom tempo de discussão, concordaram que Luciano iria a uma ponta de campo distante uns seis quilômetros, onde Bruno o apanharia de carro e iriam para Santa Maria. Para chegar nesse campo, só 'de a cavalo'. E era bom que fosse pilchado, mudaria de roupa depois. Bruno chegaria pelo outro lado.

Esta parte foi combinada com Seu Antero. Ele e mais dois peões o acompanhariam, levando algumas cabeças de gado, como se estivessem trocando de piquete. Nada de perguntas. Prepararam os animais às pressas. Durante o trajeto, Luciano procurou nos horizontes algum sinal de campana, mas nada. Não parecia que estivessem de olho. Mas por certo ainda vigiavam as entradas das estâncias. Não podia ser diferente. Sabiam onde era sua casa, não o encontraram num dia, mas por que desistir? Olhando fixamente para o campo a sua frente, Seu Antero foi definitivo:

"Não estão lá."

"Escondidos?"

"Só se quisessem saber pra onde o senhor tá indo. Não é o caso."

Conduziam o pequeno rebanho mais depressa que o normal, mas ainda assim chegaram quase no escuro. Bruno já esperava. Agradeceu aos dois peões sem enxergá-los direito. Um abraço em Seu Antero. E partiu com Bruno por estradinhas lamentáveis até chegar a um asfalto bastante bom.

"Pode ir falando." Bruno levava o carro bem rápido pela noite.

Por onde começar? Quanto mais se afastava da Los Ríos, mais absurda parecia a história. Ficção, difícil de acreditar. Viajavam numa boa velocidade, Luciano de olhos fixos na claridade dos faróis. Falar do telefonema com recado de Alice? Sim, meu amigo, Alice desapareceu.

"Tem a ver com os tais sujeitos querendo falar comigo."

Luciano falava, mas tudo parecia tão artificial. Como dar credibilidade ao que estava acontecendo? Imagina se incluísse a história do poço. Bruno foi sensato:

"Tem a ver com os negócios do finado, Luciano. Teu ex-sogro se meteu nuns negócios de contrabando."

Luciano ficou boquiaberto olhando para o amigo.

"É o que dizem", emendou Bruno.

"Tem a ver com isso?"

De repente, Luciano tentou deixar o assunto pra lá:

"Pode ser. Vamos ouvir um pouco de música? Dos velhos tempos?"

"Bowie?"

"Bowie."

Quando jovens, Bruno e Luciano orgulhavam-se de gostar de músicos e bandas que quase ninguém mais ouvia no pampa. Mutantes e David Bowie eram os preferidos. Incluía Pink Floyd e tantos outros que soavam exóticos, quase hereges, no pampa do Brasil. Cantaram 'Starman' inteira. Então Bruno retomou o assunto principal:

"Cadê Alice, Luciano? Tá viva?"

Luciano arrepiado:

"Como assim, claro que está viva! Não existe nenhum indício de que não esteja viva! O fato de ninguém saber onde Alice está não quer dizer que não esteja viva! O que te faz pensar que não?"

Bruno dirigia com tranquilidade. Repassou os acontecimentos com precisão surpreendente. Luciano sabia que o amigo era um homem sistemático e precisava pensar para se organizar. Porém a boa síntese era incompleta. Bruno tinha entendido que, na estância Gerônimo, estavam atrás de Alice. Luciano corrigiu.

"Acho que na estância Gerônimo já estavam atrás de mim. Só que Teresa e Seu Antero não quiseram me assustar."

Bruno corrigiu:

"Tá bem. Ok. Então eles sabem onde Alice está e precisam de ti pra quê? Ou não sabem onde está Alice e precisam de ti pra chantagem? Mas se são tão poderosos assim, poderiam chegar na Laura? A filha de vocês não é melhor pra chantagem?"

"Bruno, caralho, nem fala isso! Nem fala isso!!"

"Desculpa. O nome dela me veio no meio do raciocínio."

Luciano exasperado:

"Eles que não ousem!"

"Sei como é."

"Não, não sabe. Tu não sabe nada disso. Tu não tem filhos. Não faz a mínima ideia."

Agora estava mesmo transtornado. Pensava de forma alucinada. Os homens eram de uma quadrilha internacional? Claro, todo contrabando envolve pelo menos dois países. Diamantes talvez envolvessem mais países e certamente o mercado final eram Europa e EUA. Teresa falara de vários países europeus. Lembrou da visita à filha, os passeios, os museus. Quando estão em outros países, todos vão a museus. A filha, por estar tão longe, estaria segura? Ou ainda mais frágil? Bruno mudou de assunto:

"Luciano, vamos jantar em Santa Maria e depois te deixo no hotel. Já aluguei um carro pra ti e de manhã vai a Porto Alegre. Toma um avião e volta pra São Paulo. Te manda daqui, amigo, não sabemos quem esta gente é. E se forem da pesada?

"Deixar Alice? Deixar Teresa?"

"Mas que coisa é essa de deixar a Teresa? Ela não é mais tua sogra, ela não é família, Luciano! A mulher sabe se cuidar. Coisa estranha esse teu comentário. Tu sabe, né."

Luciano também achou estranho. Por que Teresa ocupara lugar na sua preocupação? Alice era sua ex-mulher, mãe da sua filha. Mas Teresa? Não tinha se alimentado o dia inteiro e naquele momento sentiu muita fome e ficou agradecido ao amigo por pensar nisso também.

Sim, preocupava-se com Teresa, como se preocupava – menos – com Seu Antero. Teresa corria algum risco? Como saber? Lembrou de um verão em Porto de Galinhas, os pais e Alice e eles dois, Laura pequeninha. Teresa caiu do windsurfe e ficou debaixo da vela. Luciano saltou na água e ajudou a deitar sobre a prancha. Não costumava ser medrosa, mas naquele dia quase entrou em pânico. Agarrou-se apavorada no genro, tanto que Luciano precisou gritar com ela antes de pegar com força na cintura e erguê-la para a prancha. Naquela oportunidade também havia algum risco e ele ficara preocupado com Teresa. Mais do que Érico, que se limitou a comentar 'mas que baita susto, hein?' entre risadas. Por um bom tempo ganhou a alcunha de 'genro herói'.

"Não entendi."

"Esquece."

Santa Maria é uma cidade do interior. Não é uma cidade pequena, mas, numa cidade do interior, noite de chuva, se queriam um bom restaurante precisavam se apressar. Encontraram um mexicano muito honesto aberto.

"Nunca brinque com comida mexicana, Luciano", Bruno ria. "Não é um lazer comum. São prazeres que devem ser levados a sério."

O celular de Bruno tocou. Helena preocupada.

"Já estamos jantando. No mexicano... Daqui a pouco estou em casa... Tomo cuidado, sim... Qualquer coisa me liga... Ora, alguma coisa. Que acontecer. Que quiser me falar... Nada vai acontecer, Helena. Beijo."

Luciano compreendeu o temor de Helena, uma certa preocupação de Bruno. Precisava manter os dois afastados dele mesmo, como se fosse contagioso. Bruno e Helena não tinham nada a ver com isso. E Helena claramente estava com medo. Bruno aparentou tranquilidade:

"Claro que não, é só por causa do clima desta tarde. Os nervos afloram. To tranquilo."

"Vai mesmo encarar a estrada de volta?"

"Dia de semana, meu velho. Consultório."

A TV a cabo do hotel não tinha muitos canais. Luciano deixou num de notícias, volume baixo, mas não conseguia dormir. Alice, onde quer que estivesse, estaria com medo? Estaria dormindo numa cama decente? E Teresa? Ah, Teresa por certo estava na estância na mais confortável das camas. E foi pensar em Teresa que o celular tocou. Tão tarde.

"Boa noite, Luciano. Incomodo?"

Luciano se perguntou como se Teresa sabia que estava pensando nela.

"De jeito nenhum."

"To ligando pra saber se foi tudo bem na viagem. Se vocês estão bem."

"Tudo certo. Já jantei e estou no hotel."

"O carro está no hotel."

"Foi tu que arrumou isso? Pensei que tinha sido o Bruno."

"Nós dois. Ele acha que tu deve voltar pra casa, ir pra São Paulo."

Teresa tem um pedido especial:

"Vai pra Minas."

"Minas Gerais?"

"Diamantina."

Luciano pasmo. Não bastava o que já houve, Teresa queria que se envolvesse ainda mais.

"Não é pra se envolver seja lá no que for. É que Alice pode estar lá."

Telepata.

"Alice pode estar lá, ou no Uruguai ou em Budapeste. Poderia estar na minha casa em São Paulo. Ela tem a chave."

"Poderia. Porém não vai estar na tua casa. Mas as chances de que esteja em Diamantina são grandes."

Pausa. Podia ouvir Teresa respirar. Tudo tinha começado lá, com Érico e podia estar seguindo os passos do pai.

"Ela sabe?"

"Não através de mim. Escuta, Luciano, sei que existe teu trabalho, teus estudos, que estás perdendo tudo isso. Por isso, vamos resolver tudo isso o quanto antes. Vai direto a Belo Horizonte, lá aluga um carro. Em Diamantina te digo quem procurar."

Claro que todo mundo perdera o juízo, incluído ele próprio. Fazer o que em Diamantina? Perguntar onde fica a sede do tráfico?

Despediram-se, Luciano tentou dormir, nada. Pensou nos dois dias assombrosos. Pensou naquele dia, na quantidade impressionante de acontecimentos. Conferiu o whats, mas nada de Teresa e do nome do hotel. Diamantina. Achou que era terra de Kubitscheck, a conferir amanhã.

DIA 4

Para chegar cedo em Porto Alegre teve que madrugar. Comprou a passagem no balcão e entrou sem mala alguma no embarque. Comprou cuecas, camisa, uma jaqueta e uma bolsa para levar tudo. Chegando a Diamantina daria um jeito. E se lá também encontrasse uns sujeitos como aqueles uruguaios? Ou da mesma quadrilha? Sentiu medo. Teresa tinha falado no nome de alguém a procurar. Sentou e conferiu o whats mais uma vez. Nada de Teresa.

"Vim lhe dar o endereço pessoalmente. E o nome. É Dr. Clóvis. Boa gente."

Luciano quase saltou na poltrona. Emudeceu por alguns instantes. Não precisava perguntar, mesmo assim Teresa confirmou: iria com ele a Diamantina. Ajudar a não se meter em confusão. Luciano tinha outro ponto de vista:

"Não funcionou em Bagé."

Ela sorriu.

"Ingrato. Lá eu te tirei da confusão em que estava metido. Sou a sogra-herói."

Não podia ouvir aquilo sem sorrir e sem ficar intrigado. Afinal, tinha pensado no apelido 'genro-herói' na noite anterior. Como Teresa fazia para ouvir pensamentos? Ela sugeriu que se sentassem um pouco mais afastados, onde poderiam conversar mais à vontade.

"Ex-sogra."

"O que simplifica as coisas, né? Relações sogras-genros são muito complexas."

Simplifica as coisas? Que coisas? Teresa garantiu que ele gostaria de Diamantina, cujo defeito era estar a quatrocentos quilômetros de Belo Horizonte. BH.

E foram 400 quilômetros mesmo. Períodos de conversa, de silêncio. O assunto Alice, Érico e o contrabando era o mais falado. Os uruguaios. Eram só uruguaios? Não, não eram. Não era difícil deduzir que na Europa estavam os receptadores. E não sabia de nada que Érico tivesse feito contra eles. O que Teresa sabia era que Érico e ela tinham transferido todas as propriedades, fundos, investimentos, tudo, para Alice. Tudo passou a ser dela, e não era pouca coisa. Mas isso Luciano já sabia, estava cansado de saber e deixou claro que preferia se concentrar nas perguntas certas. Então, por que estavam atrás de Luciano e não do marido Milton? Era um dia ensolarado e Teresa estava paciente.

"Escrituras são documentos públicos. Qualquer pessoa tem acesso a esta informação. Está na cara que eles descobriram a manobra."

Isso não respondia à pergunta, claro. Teresa teria que repassar detalhes. Porque poderiam, juntos, compreender o *modus operandi* deles e, quem sabe, antecipar-se um pouco. De momento, a iniciativa era deles. Por certo bisbilhotaram nos cartórios e descobriram que o inventário era vazio. Primeiro pensaram que a herdeira era Teresa. Um homem com sotaque fez contato. Apenas contato telefônico.

Veio com uma conversa comprida, não ia ao ponto. O suficiente para deixá-la apreensiva, e Teresa deu um jeito de dizer que não podia falar no momento e transferiu a conversa. Como tinha certeza de que no dia seguinte receberia a visita do homem, tratou de estar longe de casa. Ele ligou de lá mesmo, da varanda da Gerônimo.

"A senhora saiu cedo."

"Uma amiga precisa de mim."

Insistiu em conversar sobre o patrimônio, que havia certos compromissos que Érico deixara a descoberto. Toda uma conversa mole, que Teresa deixou que desfiasse porque queria ver até onde ele ia. Enfim, revelou que Érico morreu pobre e que Teresa não herdara nada porque não tinha o que herdar.

"É uma bela estância, a Gerônimo, Dona Teresa. Tem a beleza rara da dona."

"Pertence à minha filha, senhor. E ela não se interessa por nada que acontece ou que aconteceu por aqui. Lamento."

Foi então que Teresa não encerrou a ligação e o uruguaio também não. Podia ouvir o homem pensando. E ele pensou em consultar os registros públicos de tudo, bens móveis e imóveis. Algumas informações não estão disponíveis, mas os imóveis sim. E são muitos. Teresa ouviu o homem pensando e só então desligou o celular.

Então foi assim que Alice foi envolvida. Pelo próprio pai. Com certeza Érico podia calcular muito bem a sequência futura dos acontecimentos. Luciano punha os fatos em ordem. Primeiro, os caras queriam Teresa. Descobriram que era tudo com Alice. Aí quiseram Alice. De repente, do nada, queriam ele, Luciano, também. E Teresa, também do nada, queria que Luciano fosse a Diamantina. E lá estava ele, viajando para o norte de Minas Gerais com Teresa no carro.

"Já fizemos muita coisa juntos, Luciano, mas passeio de carro é o primeiro."

De novo. Interessante. Sentia que o perigo se aproximava.

"Porque eu sempre estava com Alice. E Teresa com Érico."

"Sim. Teresa com Érico. Sempre que houvesse Teresa, havia Érico."

"E vice-versa, né. Ele gostava muito de ti."

Teresa virou o rosto para a janela, por onde a paisagem pedregosa das montanhas de Minas se revelava.

"E eu dele, Luciano, e eu dele."

"Pensando livremente, Teresa, acho que estes caras chegaram com cuidado na Alice. Sua filha é dura de roer, não cedeu, mas percebeu que o pessoal não estava brincando. Antes que a apanhassem, passou na Los Ríos, falou com Seu Antero e deixou o recado pra mim. E desapareceu. Os caras, quando souberam que eu estava lá, pensaram em me apanhar ou, pior, através de mim, chegar na Laura. Que eles devem saber que existe, mas não sabem onde está. E não sabem onde está Alice."

"Ela deve estar bem."

"Alice não doou a fortuna pra Laura, foi? Existe esta possibilidade."

Teresa ficou olhando para ele por um longo tempo. Depois voltou os olhos para a estrada e se passou mais um bocado.

"Não. Não passou nada pra Laura. Duvido que passe pela cabeça de Alice envolver Laura nisto."

Teresa estava certa. Jamais.

Alice não gostava nem que Laura acompanhasse essas notícias ruins e constrangedoras que o Brasil produz semanalmente. Queria a filha numa redoma, pronta para o mundo europeu, que via como utopia em construção.

Teresa torceu o nariz:

"Utopia em construção? Bonito. Mas aqui não existe uma utopia em construção também, só que em etapa mais embrionária?"

"Aqui estão discutindo se a palavra utopia é adequada."

Teresa riu além da graça do comentário. Concordavam que Alice vivia. Luciano concordou, cansado de dirigir, de conversar, cansado de pensar. Se os homens estivessem com Alice, não estariam atrás dele. Virou para Teresa com súbita iluminação. Estava com vontade de urinar e querendo um café. Perguntou:

"E por que não estão atrás de ti? Por que não tu?"

"Nunca fugi nem me escondi."

"Mas não estão atrás de ti."

"Não parece."

Para Luciano parecia estranho, para Teresa, não. Não tinha nada, nem os netos tinha. Ainda jovem, mas sozinha.

"Sinto saudades, obrigado por perguntar."

Luciano percebeu a mudança e a pesada carga emotiva que o novo assunto apresentava, mas calou. O dia terminava, estavam quase chegando. Um café, esticar as pernas. Luciano queria um sanitário, alguns momentos sem Teresa. Onde ficar sem pensar.

De fato, as reservas estavam feitas no hotel que funcionava num prédio da época colonial, Relíquias do Tempo. A cada um coube um quarto imenso e bastante confortável. Luciano se jogou na cama sem tirar nem os sapatos. Quando bateram na porta, murmurou 'entra!' – era Teresa. Fechou os olhos, não queria mais conversar.

"Quer jantar?"

Luciano não quis. Precisava dormir. Ela tocou sem jeito no ombro dele.

"Tá bem. Até amanhã. Boa noite."

Luciano não se arriscaria a responder 'boa noite'. Não depois daquele toque. Dormiu deixando para pensar nisso depois.

DIA 5

As ladeiras de Diamantina e seus calçamentos de pedras redondas irregulares tornavam imperativas as pequenas rotas curvas dos pés, rotas próprias e laterais, ascendentes ou descendentes, impedindo o deslocamento para frente, tornando um simples passeio algo muito difícil de se fazer. Não sabia disso no café, quando aceitou o convite para a caminhada. O dia estava bonito. Dr. Clóvis deixara um endereço para se encontrarem às 11h. A cidade era pequena, podiam caminhar para a parte alta e vê-la de cima.

O erro de Luciano foi achar possível caminhar por milhares de pedras redondas que passam por calçamento nas ruas de Diamantina, subir as ladeiras, passar diante da casa de Juscelino e ainda ter que se deslocar até o encontro às 11h. Compraram chapéus de palha para enfrentar o sol inclemente das montanhas mineiras. Luciano se queixava das pedras arredondadas do calçamento:

"Uma entorse. Vou virar o pé. Romper alguma coisa."

"Ligamentos? Não vai. Desculpe, mas tu acaba te acostumando."

"Não eu."

O café da manhã começou a lhe fazer mal, pediu para descansar um pouco. Sentou-se nos degraus diante da casa de Juscelino, onde provavelmente não era permitido sentar. Ou pelo menos não era usual. O encontro com Dr. Clóvis o deixava apreensivo. Podia ser uma armadilha, chegariam no lugar marcado e logo estariam cercados de tipos falando com sotaque uruguaio. O mal-estar aumentou. Isso era sério, tão sério e Teresa parecia muito à vontade, quase faceira, muito mais falante do que o normal.

"Depois vou te levar na casa da Xica da Silva."

"Vi o filme. Bom."

Luciano levantou engolindo muita saliva. A palidez foi escondida pelo chapéu, mas ele sabia que estava lá. Teresa também sabia, mas não se permitiu compaixão. Desceram penosamente até o local combinado.

Enfim Dr. Clóvis não era uma mentira. Um tipo atarracado, com uma boa barriga, barba muito bem feita e uma pedra vistosa num anel na mão esquerda. Teresa e ele se conheciam, mas o aperto de mão caloroso mesmo foi com Luciano, como se íntimos.

"Como vocês caminham nestas pedras?"

Dr. Clóvis ergueu a mão com os dedos abertos.

"Você sofre no início. É a fase um. Aí cê aprende. Porque tem manha pra andá e cê entende a manha. É a fase dois. Fase três: cê costuma. Depois, quatro em diante, até gosta de caminhar pela cidade."

"O senhor gosta?". Mesmo parado, Luciano mexia as pernas com medo que os pés parassem de obedecer.

"To na fase três. Já costumei. Mas gostar não gosto ainda, não."

Dr. Clóvis falava um bom mineirês. Ou estaria representando? Melhor do que encontrar sujeitos falando portunhol no coração de Minas.

"Mas tomar aquele chá de vocês…"

"Chimarrão."

"Isso. Aí tem fase dez, doze e não pega costume."

Riu baixinho, uma risada fininha feita para não ferir.

"Vamos pra algum lugar confortável tomar uma pinga bem mineira."

A esta hora? Luciano ergueu os olhos da rua e olhou sua parceira para pedir ajuda, mas Teresa parecia tomada de entusiasmo.

"Oba. Vamos."

Luciano protestou:

"São onze e pouco."

Dr. Clóvis tinha um comentário divertido para isso também:

"Um homem que se preze começa antes do meio-dia e para antes das seis."

"Isso é lei?"

"Pro meu avô, era. Falava isso todo dia, quando vozinha reclamava."

Nova risadinha. Avozinha Isalina, conhecida da cidade toda, chamada vozinha Lina por todo mundo, parente ou não.

"Sabe, mineiro tem muito parente, mas nem todo mundo é."

A cachaça não desceu bem, mas Luciano não disse nada. Outras mesas pequenas estavam dispostas na calçada, onde homens e mulheres animados conversavam e bebericavam suas pingas. Teresa, depois da primeira dose, estava à vontade. Falaram de quando se conheceram, de como Dr. Clóvis se afeiçoara, de anos de negócios e lealdade mútua. Ele fala da juventude em BH, dos anos vivendo no Rio, em Paris, Amsterdam, das viagens na companhia de Érico. E Teresa:

"Vocês viajaram juntos? Não sabia."

"Algumas vezes. Ele vinha de Porto Alegre, eu de BH e nos encontrávamos em São Paulo. Aí até algum lugar na Europa que fosse necessário ir. Era divertido."

Teresa visivelmente contrariada.

"Ele dizia que vinha pra cá. Te encontrar."

"Ele vinha me encontrar. Só que a gente ia pra Europa."

"Ele ligava quase todos os dias. Achava que era daqui."

Dr. Clóvis ficou olhando, avaliando que falara demais. Queria consertar a situação, mas o mal estava feito.

"Mulheres?"

"Nunca. Juro pela minha vozinha. Nestas coisas Érico era muito conservador."

Luciano achou que não falava toda verdade. E, pela reação, Teresa também. Érico levava companhia nas viagens?

"Não tinha amantes, Dona Teresa. Perguntei várias vezes, conversa de companheiros de viagem, a senhora sabe. Ele sempre negou. Negou totalmente."

Dr. Clóvis falara demais e estava cada vez mais emaranhado. Luciano resolveu tirar aquilo a limpo outra hora, portanto tratou de ajudar.

"Como funcionava isso? De levar direto pra Europa... e os uruguaios?"

Dr. Clóvis aproximou o corpo da mesa, muito sério. Sabia que este era o assunto que trouxera os dois até Diamantina. Baixou a voz:

"Vamos falar disso em outro lugar. Vocês almoçam comigo. Em minha casa. A senhora que trabalha comigo é cozinheira de mão cheia. Comida mineira. Aliás, também se chama Teresa." E sorri.

"Não é melhor algum lugar onde ninguém nos ouça?"

"A minha Teresa não ouve. Mas a senhora deve ouvir tudo, né não?" Mais risos. "Mas primeiro a saideira."

E foram servidos de mais uma dose cada. Dr. Clóvis estendeu o prato de torresmo para Teresa, ela sorriu e recusou.

"Sou advogado aqui há vinte anos. Êta cidadezinha parada, sô! Dá pra viver, comer bem, viajar um pouco. Vou ao Rio de Janeiro, às vezes. E gosto da praia dos mineiros: o Espírito Santo. Sempre disse a Érico que um dia o levaria para conhecer o Espírito Santo. Mas acabou que isso nunca vai acontecer."

Teresa se virou bruscamente para os dois. E sorria.

"Me fale das mulheres, Dr. Clóvis. As que iam com vocês nessas viagens. Fale delas."

"Nenhuma, eu juro, Dona Teresa. Não era raro dividirmos o quarto do hotel, não por economia, mas segurança. Um cuidava do outro. Entende? Nada de mulheres. Não em Minas."

Teresa bebe a dose toda de uma vez, pega a bolsa e o chapéu.

"Vamos para este almoço de uma vez."

Dr. Clovis pegou o celular.

"Se vamos chegar mais cedo, tenho que avisar minha Teresa."

Teresa ergue a mão, intrigada. Por alguns momentos ninguém se mexeu. Então ela mudou de ideia.

"Sabe, Dr. Clovis, prefiro almoçar por aqui, em algum restaurante bem simples. Não é desfeita, só queria voltar a um lugar onde estive com Érico. Foi importante para nós.

"É que minha Teresa tem tudo arranjado."

Teresa já está saindo.

"Tenho certeza. Quem sabe ela guarda tudo e almoçamos amanhã?"

"Hoje à noite?"

Aparentemente Teresa cedeu.

"Tá. Pode ser."

Dr. Clovis com o celular não mão.

"Avise sua Teresa, Dr. Clóvis."

"Aonde vamos?"

"Avise", disse Teresa, sarcástica. "Não vai dizer a ela aonde vamos, vai?"

Dr. Clóvis se faz de confuso, liga, fala com Teresa. Ela parece resistir, ele insiste. Enfim desliga. Teresa estava ansiosa por sair dali. Queria ir a um restaurante aonde fora com Érico. Dr. Clóvis conhecia:

"O Relicário. Aos sábados, lotado." Parecia inconsolável. "A comida da minha Teresa é tão boa. O ambiente tão confortável para nossa conversa." Ainda não entregara os pontos. "Sério, aos sábados é muito lotado."

Teresa, já andando na frente, talvez nem tenha ouvido o comentário. Luciano estava intrigado com o comportamento dela, sua mudança intransigente de planos. E recusar um convite para a casa do Dr. Clóvis depois de já ter aceito pareceu um tanto de falta de educação.

Dr. Clóvis e Teresa saíram andando na frente enquanto Luciano, ainda na fase um, se esgueirava entre as pedras do calçamento. Teresa às vezes apoiava o braço no braço do Dr. Clóvis e esta parecia boa compensação pela confusão armada. Luciano sofria atrás.

O Relicário lotado. Durante a espera, Dr. Clóvis era cumprimentado por todos, os que chegavam e os que saíam do restaurante. Ele respondia um pouco constrangido, em nenhuma vez apresentou Teresa e Luciano a alguém. O que parecia divertir Teresa, de pé, altiva, olhando para longe como se habituara a fazer na estância. Foi ali, aguardando mesa no restaurante em Diamantina, que Luciano compreendeu que alguma coisa errada estava acontecendo. Que Teresa tinha percebido o que era. Que o que percebera tinha relação com o cada vez mais nervoso Dr. Clóvis. Luciano tentou manter a concentração. Significava que o almoço na casa de Dr. Clóvis podia ser uma armadilha? De quem? Ele fazia parte do grupo? Dos uruguaios?

Olhou ao redor, respirou fundo. Há uma semana a rotina era seu trabalho de corretor, estudar para o Itamaraty, passear com o cão. Então, de um dia para outro, cogitava que algum crime organizado o perseguia. Um dia sua concentração estava na bolsa de cereais de Chicago, cinco dias depois estava no norte de Minas Gerais temendo armadilhas de inimigos misteriosos. Num dia cogitava comprar o novo iPhone, cinco dias depois corria risco – de vida? – em Diamantina. Num dia pensava em namorar a advogada que conhecera uma semana antes, cinco dias depois podia jurar que Teresa o estava assediando. Tudo mudou tanto que neste momento achava plausível que alguém o convidasse para uma casa e lá o aguardasse uma cilada. A vida dera um tranco e era difícil saber se o agradava, mas cogitar que agradasse já era uma alteração significativa. Haveria algo de histeria nisso? Porque sentia estar vivendo num estado de sonambulismo. Toda a coisa do contrabando, uruguaios, desaparecimento de Alice, armadilhas em Diamantina também, até mesmo esta parceria com Teresa, tudo isso pertencendo ao mundo do sono, do surreal, do imaginado. Ao lado disso, ainda vivia no mundo real, que, por definição, era onde todo o sonambulismo era ficção. Imaginação.

Enfim foram chamados. O serviço foi rápido, eficiente, com bons pratos e vinhos. Teresa manteve as rédeas da conversa o tempo todo.

No café foi quando permitiu-se retornar ao que, afinal, os trouxera até ali.

"A que horas sua Teresa vai embora para casa?"

Dr. Clovis estava realmente confuso e suava bastante. Passara a refeição toda contrariado, perdera aquele charme burlesco que chamara a atenção de Luciano desde que foram apresentados.

"Ela sai às quatro e meia, às vezes às cinco.

Teresa então sugeriu que ela e Luciano estariam às 18:30h em sua casa. "Torresmo, pinga e conversa sem testemunha." Teresa tinha perguntas e achava que Dr. Clóvis tinha as respostas.

"Não concorda, Luciano?"

Concordar? Com o quê? A visita das seis e meia ou que ele teria as respostas? Havia algo com que concordar? Luciano sentiu que precisava dizer em voz alta:

"Concordo, Dr. Clóvis. Vamos querer os detalhes e entender essa coisa toda."

Dr. Clóvis, visivelmente fazia cálculos. Não preferiam que os apanhasse no hotel? Teresa, já saindo:

"Talvez seja melhor assim.".

"Então combinado: apanho vocês às seis e meia. E deixe a conta comigo."

Teresa avisou que gostaria de seguir até o hotel sozinha. Dr. Clóvis entendeu e nem se ofereceu para acompanhá-la. Tentou exercitar alguns dotes de anfitrião com Luciano, mas este foi rápido. Alegou não estar acostumado a tanta cachaça e vinho de uma vez só, também iria até o hotel para relaxar um pouco.

"O Érico chamava de 'la siesta'. Dizia que a razão de ser tão popular entre ibéricos era porque se pode dormir sem rezar antes."

E deu uma risada. "Bem coisa de vocês, lá do sul, e seus costumes espanholados."

"Dormir depois de almoçar é espanholado?"

"Não. Aproveitar para dormir sem reza, é. Hahahaha!"

A risada era divertida, Dr. Clóvis um sujeito cativante e, depois de Teresa sair, estava de volta ao seu melhor. Luciano recusou o charuto, Dr. Clóvis acendeu o seu. Apontou a cabeça, zombeteiro.

"Sei onde comprar chapéus bem melhor que este."

Nova risada. Era sua própria claque. Luciano insistiu que precisava descansar. Dr. Clóvis concordou. Confirmou o horário mais uma vez e se separaram.

Então Luciano se viu de novo em sua caminhada contorcionista pelo piso irregular das ruas, dificultada pela cachaça, pelo vinho e pelo sono. Entrou no quarto e, antes de conseguir fechar a porta, Teresa entrava apressada.

"Faz a mala. Vamos embora."

"Como é?"

"Faz a mala."

"Por que você tá no meu quarto?"

Teresa pensou no que ia dizer. Luciano percebeu que segurava a respiração. Preferiu voltar ao assunto.

"Acho que é uma armadilha."

"Ah, não." Luciano estava farto daquilo, daquele gato e rato, do medo, dos lugares escuros, daquele jogo.

"Não é um jogo, Luciano. Eles estão falando sério!

"Eles quem, Teresa? Eles quem? Fui pro poço, mijei no pé, saí disfarçado de peão pelo pampa, corri pra Diamantina... Mas não sei quem são 'eles' e, pelo que me consta, não sei de perigo algum. Que aconteceu até agora? Alice me pediu pra ir pra estância e, pelo que me consta, foi embora antes de eu chegar. Aí foram as tuas lembranças, Teresa, as lembranças com o Érico e o que tu diz que chamava de aventura... tudo da tua cabeça? Não é tudo da tua cabeça?"

Teresa manteve o sangue frio. Séria, talvez mesmo um pouco ofendida. Insistiu:

"Aqueles homens estavam te procurando..."

"A gente nem sabe o que aqueles homens queriam, Teresa! Ninguém falou com eles! Até onde sei, podia ser uma orquestra de tango ou um grupo de turistas! O teu ex-marido..."

"São os parceiros dele."

"Eram, são..." A expressão firme de Teresa chamou a atenção de Luciano. "Como sabe? Como tu sabe disso, Teresa, alguém se identificou?"

Teresa olhou para fora, para longe, um gesto familiar quando estava contrariada. Ou quando estava pensando. Luciano foi até a cama e falou em voz mais baixa.

"Olha, sempre me considerei um sujeito inteligente, acima da média. Mas diante dos últimos acontecimentos, parece que estou sempre dois passos atrás, tudo me surpreende e não gosto disso. Como se só compreendesse o que acontece quando alguém explica, e estou cansado disso."

Luciano sentiu que beirava a exaustão. Precisava se deitar, relaxar. "Se não se importa."

"Me importo, sim. E, se já terminou com o desabafo juvenil, arruma tuas coisas que temos que sair logo da cidade. Urgente."

Luciano levantou o corpo, olhou Teresa boquiaberto.

"Tu não ouviu nada do que falei, né?"

"Ouvi. E tá errado. Aqueles caras são os homens com quem meu marido fazia negócios? Tenho certeza que sim. O que querem contigo? Não sei. Tu corre risco de vida? Acho que é bem possível. Nós. Minha filha? Alice corre perigo? Tenho a sensação de que está segura. E nós dois, estamos seguros com Dr. Clóvis? Não. É uma armadilha. Foi por ele que souberam que a gente vinha pra cá. Aqui deve ter um grupo maior, afinal, é daqui que saem as pedras. De que lado Dr. Clóvis está? Acho que fica do lado dele. Cuida de si mesmo. Não vai arriscar nada pra proteger ninguém."

Teresa olhou Luciano por um tempo. Luciano se perguntava se aquela segurança era real. Teresa encerrou:

"Como pode ver, tu não tem razão. Agora arruma tuas coisas."

Luciano manteve a cabeça abaixada, recolhida entre os ombros. A voz de Luciano saiu fraca.

"Devo arrumar minhas coisas e te seguir porque tu, imagino, sabe o que tá fazendo. Que tem um plano."

Teresa não respondeu logo.

"Não vou deixar que nada te aconteça. A nós."

Um comentário maternal, Luciano pensou. Mas não diria isso a ela. Talvez a intenção de Teresa tivesse sido outra e um comentário sobre 'maternalidade' pudesse ser ofensivo. Perplexo consigo mesmo, Luciano dividia a atenção entre suas divagações e a proposta de Teresa, que já dava instruções.

O plano era sair daquele hotel, dar entrada em outro, o Hotel 2. Deixar o carro 1 na garagem do hotel 1. Alugar outro carro, carro 2, deixá-lo estacionado perto e, às seis e meia, encontrar Dr. Clóvis no hotel combinado, o Hotel 1. Então levá-lo para o carro 2, dizer que precisam apanhar Teresa numa loja de artesanatos que Luciano saberia onde ficava."

Mas Luciano estava impaciente. Não deixaria que continuasse com aqueles pretensos raciocínios.

"Tá ruim, isso. O plano. Quem disse que ele vai aceitar vir comigo?"

"Pensa em alguma coisa."

"Ele vai dizer 'por que trocaram de carro?"

"Aí se entregou. Porque não viu nosso carro 1. Como saberia que trocamos? "

Havia cogitações em demasia. Uma tortura de pensamentos em pirâmides contornadas por espirais infinitas, a maioria levando a outras pirâmides com espirais levando a lugar nenhum. Tudo podia ser qualquer coisa, mas provavelmente era alguma coisa ruim.

"Vou dizer que tem um barulho no motor. Que quero que ele ouça."

Teresa torce o nariz. Luciano está convencido de que só pode dar certo.

"Vai por mim. Todo homem tem opinião a dar sobre barulhinho de motor."

Mas nada passava sem algum detalhe que também tinha que estar calculado. E Teresa? Onde ficaria Teresa? No novo hotel?

"Não. Este hotel é só pra descansar um pouco. Umas duas horas."

Luciano tenta entender a estratégia. Sairão do hotel pelas seis no carro 2, Teresa deitada no banco de trás. Sairão da cidade. Ele a deixará num posto de gasolina quase na estrada. Voltará ao primeiro hotel para aguardar Dr. Clóvis. Aguardar dentro do veículo, nada de estacionar perto. Com charme e argumentos tolos convencerá o homem a entrar no carro. E seguirá direto para o posto onde Teresa o aguardará. Ela vai entrar no banco de trás e explicará com ênfase e muita firmeza porque vão os três até BH naquela noite. Mas era impossível garantir que Dr. Clóvis pudesse não aceitar a carona.

"Tu ia falar do barulhinho do motor."

Sim, falaria, no entanto não podiam ter tanta esperança nesse expediente. Parados frente a frente, em posição de desafio, suavam. Teresa começou a rir baixinho, até que o riso aumentou e evoluiu para risada, para uma gargalhada, como a vira fazer no passeio na estância. Logo Luciano a acompanhava, ambos rindo muito, cansados, cheios de dúvidas, de medo. Ele se jogou gargalhando na cama e logo ela dava risada deitada ao lado. Luciano abriu os olhos e reparou que Teresa o olhava cheia de ternura. Ou algo além de ternura, o que o fez sentar ligeiro e saltar para fora da cama. De pé. Seria bom um banho antes de viajar outra vez. Teresa levantou da cama devagar e caminhou para a porta.

"Antes das seis, prontinho lá embaixo, tá?"

"Pode deixar."

E fechou a porta. Enfim só, Luciano deixou-se cair na cama, e como caiu, dormiu.

Às seis e meia estava escuro. Dr. Clóvis foi pontual.

"Não vão cancelar de novo, vão? Vamos comer um porquinho com angu, especialidade da minha Teresa. E não se preocupe, ela já foi." Baixou os olhos. "Estaremos só nós."

Estava mentindo, Luciano teve certeza. Anunciou a mudança de planos, Dr. Clóvis não gostou. Até do cardápio falou, mas Luciano foi taxativo. Iriam no seu carro buscar Teresa.

"Preferimos assim."

Luciano já caminhava na direção da ladeira. Dr. Clovis apressou o passo para acompanhar. "Quando chegaram juntos eu cheguei a pensar... Veja bem, não conhecia você. Aí alguns olhares... Cheguei a pensar..."

"É minha sogra, Dr. Clovis. Ex-sogra."

Olhares? Que olhares? Não, com certeza não houve olhares. Dr. Clóvis jogava verde. Enquanto Luciano se contorcia pelo calçamento de pedras esféricas, Dr. Clóvis olhava com um sorrisinho maroto. Melhor encerrar o assunto. Uma cara bem séria e dizer que foi casado com a filha dela bastou.

"Poxa, falta de educação, irmos no carro de vocês. Isso não tem cabimento."

Entraram e Luciano acelerou. Segurando-se, Dr. Clóvis reclamou que estavam rápido demais, o calçamento ia estragar o carro.

"Não se preocupe. Este carro já está na fase 3."

Dr. Clóvis começou a dar indicações de rota, que Luciano ignorou. Sob protestos, informou que estavam se dirigindo à loja onde apanhariam Teresa. Luciano acelerou ainda mais.

"Calma, sô! Dona Teresa não vai fugir, vai?"

"Fugir de nós dois? Não."

No posto de gasolina, ela esperava no pátio. Encostou-se na porta do carona, pediu que Dr. Clóvis abrisse o vidro."

"Dr. Clovis, preciso muito falar com o senhor. Desculpa a manobra, mas era preciso. Vou entrar atrás para poder falar livremente.

"Vou atrás com a senhora." Teresa barrou a porta, alerta. Dr. Clóvis tranquilizou-a. "Pode confiar. Também quero conversar." Devagar, ela cedeu espaço. Luciano já estava fora do carro, pronto para não sabia o quê. Para qualquer coisa se Dr. Clóvis quisesse fugir. Não foi necessário. Dr. Clóvis saiu e abriu a porta para Teresa. Ela não se mexeu. Ele foi simpático.

"Já disse que pode confiar em mim, Dona Teresa. Por seu marido, de quem fui amigo e parceiro."

Teresa entrou. Cumprindo a palavra, Dr. Clóvis se acomodou ao lado dela. Luciano assumiu a direção.

"Posso saber aonde estamos indo?"

"Conversar."

"Isso é o que vamos fazer. Mas queria saber que horas vou voltar."

Luciano assumiu:

"Vamos a BH."

Dr. Clóvis suspirou, como se já esperasse por isso. Teresa não o deixou falar.

"O almoço tinha outros convidados, não tinha, Dr. Clóvis?"

Calado, olhou para as luzes de Diamantina que rareavam ao seu lado. Então assentiu. Duas pessoas. Luciano socou o painel do carro, tinha certeza. Dr. Clóvis garantiu que não era o que estavam pensando.

"E o que estamos pensando?"

"Vou fazer uma pequena introdução, Dona Teresa. Tudo desde o início. Ao menos a parte que sei. Érico veio a Diamantina por indicação do pessoal lá do Uruguai. Eu já tinha conhecido dois deles. Tinham interesse nas pedras daqui, mas hoje não é como antigamente. Em outros tempos, qualquer um podia pegar a bateia e garimpar em qualquer rio, riacho, córrego. Até nas veredas os menos informados batiam bateia. Ainda tem muito diamante aqui, Dona Teresa, e naquela época tinha mais. O sujeito encontrava três ou quatro pedras maiorzinhas e lá ia ele de volta pra de onde veio gastar aquilo. Mas sabe como é governo, Luciano. Governo quer imposto. Quer grandes companhias de exploração pra ter mais imposto. Elas vieram, e logo poluíram tudo porque além de diamantes também existe ouro. É uma região abençoada. Foi tudo dividido em lavras, as empresas compraram e hoje a lei é confusa com o direito dos pequenos garimpeiros.

Como tudo no Brasil, uma zona. A princípio a lei só permite que estas grandes garimpem. É aí que entra o Uruguaio. Os uruguaios.

"Contrabando," disse Teresa.

"Eles têm uma lavra. Uma lavra grande."

Luciano quis entender:

"Então por que o contrabando? Se estão legais aqui?"

"De novo: impostos, Luciano. Na minha opinião, desde o Brasil colônia os mineiros sustentam o Brasil. Só falam de São Paulo, São Paulo. Ouviu falar de Tiradentes? Então. Uma insurreição contra impostos. Então a extração é feita dentro da legalidade, ouro e diamantes, tudo certo. Só que, não se sabe como, boa parte dos diamantes acabam desviados para o comércio alternativo. Onde encontram mercados alternativos. Seu marido providenciava que as linhas de transporte funcionassem. Era bom nisso. Os mercados estão em Amsterdam, Genebra, Lion, lugares assim. Com Érico tudo funcionava muito bem. Era minucioso. E expansivo, não fazia inimigos. 'Fazer inimigos é falta de talento', ele dizia. Fomos todos parceiros."

A apresentação de Dr. Clóvis foi seguida de um longo silêncio dentro do carro seguindo para o escuro. Luciano imaginou Teresa pensando no marido. Depende de onde partem, elogios podem não ser bem-vindos. Tentava se concentrar na estrada sinuosa. Teresa riu:

"Érico era tímido, não dividiria o quarto com um desconhecido."

"Desculpe, Dona Teresa: com um amigo. Companheiros de risco, parceiros da possibilidade de ser preso, camaradas da paranoia. Dormir no mesmo quarto aumentava a segurança."

"Chega. Já entendi."

Luciano não estava satisfeito. Toda aquela conversa não dava nem pista sobre o que estava acontecendo. Acrescentou o que ia atravessado na garganta.

"Na verdade, 'doutor' Clóvis, ainda não entendi: o que eu tenho a ver com isso? Qual é o interesse dessa corja em mim? O que querem comigo?"

Dr. Clóvis não se deixou perturbar. Percorriam a paisagem escura em velocidade mais adequada. Ora falando para Teresa, ora para Luciano, continuou com o mesmo tom levemente didático.

Dr. Clóvis se dirigiu a Teresa e perguntou se achava que conhecia o marido. Apostava que a incomodava o contrabando. Falou do charme da clandestinidade, da adrenalina, das altas apostas nos perigos de cada mês. Ela chamava de jogos de meninos, mas era um homem maduro em busca de uma segunda e uma terceira vidas para viver.

Nada da resposta para Luciano. Mas Teresa riu.

"Sim, muito maduro arriscar ir para prisão só porque não se importa com a vida de presidiário. Ou esta é uma destas vidas de que o senhor falou?" Girou o corpo para ficar de frente para Dr. Clóvis. "Érico sempre foi um homem honrado. Até o fim da vida foi um homem honrado. Nunca foi moleque, mas reconheço que estava brincando, se divertindo. Um jogo, uma fantasia."

"Mas as malas de dinheiro se materializavam no hotel", arriscou Dr. Clóvis, "a senhora lembra da primeira vez? Estava lá."

A indignação de Teresa foi imediata, visceral. Como ele sabia daquilo? Dr. Clóvis percebe o efeito que causou e sorri satisfeito. Confirmava a amizade com Érico.

Na Bélgica, os acontecimentos foram um banho chocante de realidade. Antuérpia. Dormiram no hotel – juntos – com as encomendas.

No telejornal da manhã viram que a polícia belga, numa grande operação com apoio da Interpol, tinha desbaratado o braço europeu do grupo. Os detidos começariam a falar e logo a Interpol estaria atrás deles. Dr. Clóvis e Érico saíram antes do café e vagaram por dois ou três dias pela Europa. Amsterdam, Copenhagen. Tinham que avisar os uruguaios. Segundo Dr. Clóvis, a ideia de não fazer o relato correto tinha sido de Érico. Os uruguaios já sabiam da operação policial. Érico informou que as pedras tinham sido entregues antes, mas só um dos clientes pagou. O segundo teria sido preso e duas malas com dinheiro confiscadas. Portanto, não havia mais diamantes e nem haveria dinheiro. Só o que o primeiro cliente pagou.

"Vendemos uns quatro quilos e enviamos o dinheiro para o sul, como sempre. A outra parte ficou conosco.

"Quanto era?"

"Ficamos com uns 21 quilos. Algumas – várias – pedras muito boas, muitos quilates. Entre 90 e 120 milhões. De dólares."

"Puta que o pariu." Luciano estava pasmo. Érico passara a perna numa quadrilha internacional? Podia ser seu ídolo. Pela ousadia. Teresa não se entusiasmou.

"Isso não foi audácia. Foi insensatez. Irresponsabilidade. E, claro, um crime dentro do crime."

"Mais de um. Por isso fiquei muito nervoso, muito mesmo, tinha falta de ar, coração doía. Precisávamos encontrar um comprador para nossos diamantes, mas tinha que ser alguém fora do mercado, que não comprasse também dos uruguaios. Não aguentei."

Quando informou que retornaria ao Brasil, Erico quis dividir em partes iguais, mas Dr. Clóvis não se sentiu capaz de vender nada. Aceitou um punhado de pedras e despediram-se. Érico ficou na Dinamarca.

Luciano acelerou com raiva. Alice sabia disso? Enquanto estavam casados, sabia? Possesso, Luciano voava noite afora. Fim! Ir até BH, Teresa voltar à fazenda, ele para São Paulo. Simplesmente por um fim naquela história.

A mão no ombro foi um arrepio.

"Calma Luciano. Começou logo depois da separação de vocês. Alice não sabia. Não sabe até hoje."

Teresa adivinhando os pensamentos. Dr. Clóvis continuou firme:

"Meus convidados só queriam conversar. Porque o golpe foi rastreado. Estejam certos, todos já sabem. Por outro lado, houve compreensão com o que aconteceu. Agora esperam por você, Luciano. Você vai ter que assumir."

Luciano tentou não parecer atônito.

"Assumir?"

"Provavelmente é só isso que os uruguaios querem. O pessoal daqui vai aceitar uma negociação vantajosa para todo mundo. Os uruguaios é que estão mais nervosos. Mas se você se posicionar rapidamente, tudo se encaixa e termina bem."

Bastante exaltado, Luciano parou o carro no meio da noite de lugar nenhum.

"Mas que conversa é essa, que porra tá acontecendo? Que história é essa de uruguaios nervosos e pessoal compreensivo com minha posição? Se tu não entendeu minha pergunta ainda, deixa eu ser claro: que porra é essa? Por que tão querendo me foder?"

Outra vez a mão no ombro, o toque certo.

"Calma, Luciano, deixa ele falar."

"Só o que tá fazendo é falar, falar, fala o tempo todo, se caga de tanto falar, mas dessa boca só sai merda, merda! Que caralho é esse?"

"Chega, Luciano. Vamos continuar tudo de forma civilizada. Retoma a viagem, vai. O Dr. Clóvis vai explicar tudo em detalhes."

Luciano voltou à estrada. Não estava calmo, lamentava muito, tinha vontade de continuar com os palavrões e já cogitava enfrentar Dr. Clovis corpo a corpo, vontade de quebrar costelas. Fez um esforço para pensar com clareza e exatidão. Queriam pagamento. Com patrimônio mobiliário, ou seja, Alice. Entendeu por que Érico transferira tudo para a filha. Quando rastreassem o inventário dele, não encontrariam bens. No entanto estes documentos são públicos, e logo descobriram que estavam com Alice. Era quem eles queriam.

Teresa apertou as mãos com força, olhou Dr. Clovis muito fundo nos olhos.

"Estão com ela? Com Alice?"

"Não que eu saiba. Alice sumiu? Não se preocupe, Alice deve estar viva."

"Só peço, imploro, não façam mal à minha filha."

"Mas Dona Teresa, eu não sou 'eles'. É um erro não confiar em mim."

Luciano cada vez mais enfurecido.

"Ah, tá."

Dr. Clóvis jurou por alguns santos que não sabia onde estava Alice. Mas considerou que, uma vez que não possuía mais nada, também não servia para nada. Luciano tentou ser paciente:

"Não tem mais nada? Como assim? A estância tem outro dono?"

Mão no ombro outra vez. Luciano achou que estava se criando um hábito.

"Espera, Luciano, quero saber o que houve com o patrimônio. Todo o patrimônio que Érico e eu herdamos e juntamos ao longo de décadas e doamos a Alice. Como sumiu?"

"Tão me tirando pra bobo, não é? Desapareceu porque mudou de mãos, não é Dona Teresa? Tem outro proprietário."

"Mas eu vivo na estância, nunca ouvi falar disso."

"Não sabe? Não contaram? Bem, sua filha, através de um instrumento de doação, transferiu todo o patrimônio imóvel para o ex-marido Luciano. A família unida tentando esconder as posses."

Difícil segurar Luciano:

"Quê? Quê?"

Luciano sentia o coração escapar. Teresa foi dura.

"Que absurdo."

"Do que ele tá falando, Teresa?"

"Jamais ouvi falar disso. Alice nunca mencionou."

Dr. Clovis resolveu ser um pouco atrevido.

"Desculpa, Dona Teresa, mas é difícil de acreditar. Afinal, sua filha abriu mão da fazenda onde mora. É sua outra vez."

"Como? Tu não ficou com mais nada no inventário?'

"Não houve inventário. Estava tudo em nome de Alice há um tempo."

Dr. Clóvis chamou Luciano de milionário, mas este continuava aos gritos e ameaçou de quebrar uns dentes se não ficasse quieto. Todos calaram e, por algum tempo, tudo que se ouvia era a respiração de Luciano. Ele tinha perguntas:

"Por que não me disse nada? Pode doar sem assinatura do beneficiado?"

Dr. Clóvis, ressabiado com a reação de Luciano, limitou-se a responder:

"Em situações especiais, sim. Se você realmente não sabia de nada, ela deve ter dado um jeito nos impostos também. Combinado com algum contador. Eu suponho, não sei. Perguntem à Alice. Por isso é preciso que todos sentem pra conversar e resolver tudo de modo que fique bem para todos."

Luciano não estava mais presente. Pensamentos em velocidade alucinante atropelavam-se, misturando instantes de epifania e de absoluta incompreensão, de clareza e confusão. Alice recebera a herança adiantada, devia ter cumprido todos os ritos legais cabíveis, Teresa tranquila com a filha no comando de tudo. Alice médica em São Paulo, Teresa na estância, todas as aparências preservadas. A função desta medida era manter o patrimônio longe do alcance dos uruguaios, dos mineiros, dos belgas, dos holandeses, de quem fosse. Mas Alice deve ter descoberto que fuçaram nos cartórios. Quase certamente foi o que aconteceu. Quem? Não importava, tinha que fazer algo para salvar o patrimônio outra vez. Ou importava? E se fosse a Receita Federal que investigava os caminhos do patrimônio de Érico? Bem, se fosse a Receita, seria muito difícil escapar sem dar explicações. Porque, na cabeça de Luciano, a Receita tinha mecanismos mais poderosos do que os uruguaios. A não ser que os uruguaios tivessem gente infiltrada na Receita, ideia que veio com um arrepio.

Então Alice tivera a maravilhosa, a divina, a superespetacular pior ideia do mundo: doar tudo para Luciano, sem informar nada. O corretor do agronegócio, o estudante para diplomata, agora dono de milhões. Parte deles oriunda de tráfico internacional de diamantes. Inacreditável. Que direito tinha ela de fazer isso? Inacreditável. Por que não doou pra besta do Milton? Duplamente inacreditável. Falou alto:

"Vou direto pro cartório reverter esta doação. Vou procurar advogados, vou aos jornais locais, vou à imprensa nacional, isso não vai ter meu apoio. Não vou ser o laranja de vocês."

Dr. Clóvis quis bancar o engraçadinho:

"Tecnicamente só está sendo laranja da Alice."

"Filha da puta," disse Luciano entredentes.

"Ei."

"Desculpa, Teresa. Te coloca no meu lugar! Uma quadrilha de traficantes atrás de mim porque tua filha passou uma fortuna ilegal pro meu nome sem que eu soubesse!"

A voz de Teresa saiu fria:

"Também estou impactada. Não sei o que é pior, se ela estar prisioneira dessa gente ou o mal que está fazendo a ti."

"Ela não é prisioneira," protestou Dr. Clóvis, "já disse, ninguém sabe onde Alice está."

Aos poucos ficava tudo claro. Se ele perdesse o juízo, comprasse uma passagem pro México, mudasse de nome, desaparecesse... Com certeza encontrariam Alice. Ela era a isca. Talvez ela já tivesse feito isso, o que deixou Luciano ainda mais preocupado. Queria chegar logo. BH não estava tão distante assim. Teresa falou baixo, como quem se explica. A mão no ombro, a eletricidade, tudo.

"Achei – e acho – que Alice corria perigo. Isso porque não sabia que estava tudo com você, Luciano. E ainda acho que vocês sabem onde ela está, Dr. Clóvis. Por isso não dá sinal, não se comunica, nada. Porque não pode."

Dr. Clóvis suava.

"Não tenho a ver com eles, Dona Teresa. Sou, no máximo, o mensageiro. Nem isso. Para esse problema, Luciano pode ter a solução."

Luciano entendeu a insistência de Dr. Clóvis para que aquela conversa resultasse num passo adiante. Simples: Teresa fazer contato com eles, garantir de que nada acontecia com Alice. E, no mesmo contato,

Luciano propor uma conversa para negociação. Segundo Dr. Clóvis, era tudo que queriam: negociar. Teresa não gostou da ideia.

"Ligar para os outros convidados ao seu jantar?"

Dr. Clóvis pareceu esperançoso:

"Sim."

Teresa queria espremer o advogado mais um pouco.

"Mas não fazem parte do grupo que apareceu na estância há quatro dias, não é? O grupo que está com Alice?"

"Não, mas podem influenciar positivamente naquelas negociações também. E, por favor, tire da cabeça a ideia de que alguém está com Alice."

Luciano foi rápido ao acrescentar:

"Não alguém, vocês, os bandidos."

"Dona Teresa, não acho que nos ofendermos mutuamente seja produtivo no momento."

Teresa comunicou-se com Luciano pelo retrovisor:

"O senhor tem razão. Haverá oportunidade mais adequada para isso."

Luciano dirigia sem prestar atenção à estrada. Na vinda, os morros brotados de pedras escuras o tinham impressionado, mas agora perdia a concentração pensando em Alice. Mal tinham contato, e o pouco que tinham era por conta de assuntos envolvendo a filha Laura, nada mais. Simplesmente o amor terminara e a relação dos dois terminou com ele. Restaram civilidade e respeito mútuo, justamente o que Alice detonara com sua deslealdade. Com o pai de sua filha. Podia ter usado outro laranja. Podia ter usado o Milton. Precisava saber disso.

"Por que não o Milton? Por que não usou o Milton como laranja?"

"Se ela me pedisse opinião, eu não aconselharia. Não seria uma boa escolha."

"Boa escolha fui eu."

Dr. Clóvis acrescentou:

"Concordo. Milton não inspira confiança."

"Conhece o Milton?"

"Fiz uma pequena pesquisa."

Luciano pensou que a outra opção era a de que tudo não passava de mentira. Que se encaixava com os acontecimentos dos últimos dias, explicava também as atitudes dos envolvidos – mas uma mentira. Dr. Clóvis negou:

"Não é. É verdade, meu caro, é por isso que querem conversar com você. Reconheço um certo tom intimidatório, mas não passa disso, eu garanto. Querem o dinheiro, não seu escalpo. Você é o grande proprietário e homem com recursos aqui vai ter que falar. Para dar um fecho nesta história toda."

"Sem Alice não tem conversa."

Dr. Clóvis suspira.

"Mas assim fica difícil. Já disse que o sumiço de Alice não tem nada a ver com ninguém."

Aquela conversa circular cansou Luciano mais do que dirigir 400 quilômetros à noite. Eram sempre as mesmas acusações, os mesmos espantos, as mesmas juras. Conversas não são mantras, não melhoram quando repetidas. Luciano sugeriu que Teresa escolhesse o hotel, colocasse no Waze e não dissesse nomes em voz alta. Assim acabaram no Mercure da avenida do contorno. Luciano desceu para resolver os detalhes. Da recepção escreveu pro whats de Teresa:

"Quarto para três, é claro. Amanhã despachamos o sujeito e conversamos só nós dois sobre o que fazer."

Mas Teresa preferia conversar naquela noite mesmo, só os dois. Se Dr. Clóvis quisesse fugir, que fugisse. 'Mas não acho que vá fugir', escreveu em resposta.

Portanto, dois quartos no mesmo andar. Deram boa noite e Luciano percebeu o olhar malicioso de Dr. Clovis quando viu que entrava no mesmo quarto de Teresa. Enfurecido, quis avançar sobre ele, mas Teresa o segurou. Era só o que faltava, a esta hora da noite. Além disso, tinham muito que conversar.

Era um quarto amplo, com boa iluminação, uma cama muito larga e outra menor. Duas poltronas, uma mesa redonda e um balcão abaixo da TV que, pela dimensão do quarto, podia ser maior. O rapaz do hotel deixou a maletinha de Teresa e a sacola de Luciano sobre o balcão, recebeu a gorjeta e se foi. Teresa sentou numa das cadeiras e ficou olhando para ele, que, a princípio, devolveu o olhar de 'e agora?' Tinham muito para conversar, tanto a dizer, mas nenhum dos dois sabia por onde começar. Ela sugeriu que ele se sentasse, apontando a cadeira ao lado, mas Luciano preferiu a beirada da cama. Sentia que estava com péssima aparência, esgotado. Angustiado. De novo pareceu que Teresa ouvia o que estava pensando:

"Também não tenho fome. Mas temos que comer alguma coisa."

Luciano estava cansado demais para se surpreender pela enésima vez.

"Devem ter uma canja, ou um sanduíche. Enquanto aguardamos, vou pro banho."

Teresa sorriu, amistosa:

"Aviso quando chegar."

Um banho maravilhoso, um relaxamento importante para toda aquela tensão. Por um lado, era tudo que precisava. Por outro, não queria estar descansado para falar com Teresa. A tensão seria útil para as decisões que tinham de tomar. Deixou a água morna correr pela cabeça, pelo pescoço, por tudo. Lembrou Alice, queria sentir raiva, mas não aconteceu. E sempre de novo pensava em Teresa. Teresa no quarto ao lado. Enquanto secava a cabeça, resolveu fazer um grande esforço para parar de pensar nas razões de Alice ou em Teresa entrando no banheiro naquele momento. Parar de pensar nas duas, concentrar-se no que seria necessário para voltar a São Paulo, entrar segunda-feira na corretora como se nada tivesse acontecido, passar o dia fazendo negócios para grandes investidores, procurar ocupações que afastassem pensamentos na estância e na semana que passou. À tardinha passearia com Togo pelo pequeno parque perto de casa, tomaria um bom banho, prepararia um jantar para alguma outra pessoa, estudaria inglês e alemão e adormeceria enquanto telejornais repetiriam à exaustão as notícias do dia.

Não eram boas as toalhas do hotel. Mesmo assim perdeu um bom tempo no ato de secar-se. Quando saiu de jeans e camiseta, Teresa zapeava na TV. O olhar foi atento, mas curto.

"Esfriou seu filé com fritas."

"Demorei, né?"

"Merece. Foi sacrificado pra ti. Quer pedir outro filé? Este deve estar bem gelado."

Luciano se sentou diante da bandeja com o jantar.

"Não importa."

Teresa não tirava os olhos da TV.

"Nunca pensei que algum dia dividiríamos um quarto de hotel." Riu. "Esperava isso?"

Luciano de boca cheia:

"Se eu esperava?"

"Sim, não está surpreso?"

Luciano terminou de engolir, bebeu um pouco de água.

"Teresa, esta semana tive mais surpresas do que em toda a minha vida até aqui." Teresa começou a rir. Ele também riu. E riu mais. E Teresa continuou a rir com ele, falando e rindo.

"Não é? Que coisa louca."

"Teresa, onde está Alice?"

Ela largou o controle, olhou para Luciano em silêncio. Passou os olhos pelo rosto, pelos ombros. Incomodado com isso, Luciano repetiu em voz muito baixa, quase um sussurro:

"Onde está Alice?"

Também sussurrando, Teresa respondeu. "Não sei. Mas tenho dois palpites."

Os risos tinham cessado. Alerta, ele esperou, mas Teresa simplesmente olhava firme para ele. A impaciência de Luciano voltava:

"Não vai dizer?"

Teresa tinha um olhar novo cheio de afeto, que deixou Luciano perturbado. E foi com esse olhar que explicou:

"Se meu palpite estiver certo, você vai procurar por ela. E não quero isso. Não quero que leve essa gente até o lugar onde ela talvez esteja. Isso me dá medo."

"É só Alice que deve ser protegida aqui?"

O olhar cheio de afeto:

"Não. Tu também. Também é precioso."

Era evidente que havia duplo sentido nas palavras de Teresa, o que deixava Luciano desconfortável. A conversa continuou em sussurros.

"Ainda ama minha filha?"

"Não."

"Ela te ama?"

"Duvido. Não, não duvido. Tenho certeza que não ama."

"Certeza?"

"Quando me contou do Milton seus olhos brilhavam como nunca tinham brilhado para mim."

"Ela contou? Quando?"

"Logo que começou. Quando se apaixonaram."

"Curioso, Laura me disse que tu soube por ela."

Luciano já estava perdendo a concentração na conversa. Achou que os dois estavam.

"Sim. Quando Alice veio me contar não sabia disso. Achou que estava me dando uma novidade."

"Te chateou?"

Luciano largou o filé gelado e se sentou na beirada da cama, ao lado de Teresa. Os olhos dela brilharam. Ele tentou ser muito calmo, ainda falando muito baixo.

"Não, não chateou. Escuta, Teresa, não quero falar de um sentimento que morreu e de um casamento que já acabou. Só me diz onde está Alice."

"Onde está não sei. Tenho um palpite."

"Onde?"

Teresa precisava de um acordo antes de continuar a conversa:

"Luciano, nós dois certamente estamos sendo rastreados. Dr. Clóvis está, neste momento, ligando para todos eles. Promete que não vai sair correndo atrás dela?"

"Teu palpite pode estar errado, não pode? Aí um monte de gente vai atrás de mim até um lugar onde ela não vai estar. Êi, esta é uma boa ideia. Pode ser engraçado."

Teresa se move na cama, aproxima-se e toma o rosto dele nas mãos. Dá um leve beijo na boca. Luciano achou o gosto da boca e o aroma do hálito embriagante, mas não reagiu, deixou Teresa beijar e depois sussurrou:

"Onde ela está?"

"Pode estar em Montevidéu."

DIA 6

Foi fácil embarcar para São Paulo. Teresa resolveu ir também e de lá embarcar a Porto Alegre. Dr. Clóvis ficou no hotel providenciando seu retorno a Diamantina. No café garantiram a ele que estavam retornando a Bagé. Resolver tudo com os uruguaios de uma vez por todas. Teresa estava animada, radiante, o que provocou sorrisos maliciosos de Dr. Clóvis para Luciano. E ele tinha razão.

    A noite tinha sido curta, uma transa macia e terna como Luciano já esquecera que podia ser: sexo delicado, profundo. Ela tirou a roupa, depois a dele, brincou pelo corpo, perdeu-se na pele, nos pelos e nos cabelos. Surpreso com a maciez daquele corpo ainda muito bonito, Luciano deixou-se levar numa espiral de prazer e inconsciência. E, enquanto acontecia, pensava que seria inesquecível. Depois, não sentiu tanto arrependimento quanto esperava. Teve dificuldade de dormir, mas acordaram na mesma cama. Teresa fez alguns carinhos, mas não muitos. Entendia a complexidade do que tinha acontecido. Entrou no banho, Luciano tentou mais um cochilo. No aeroporto de Confins, Teresa comprou uma imagem de uma santa com o filho no colo. Luciano comprou o jornal Valor. Ela decidira a ficar mais um dia em São Paulo, um novo constrangimento. Teresa disse que iria para um hotel, e Luciano concordou que era o melhor a fazer. Mas não podia deixar de oferecer sua casa e o quarto de hóspedes, do que ambos riram.

No entanto as coisas não seriam tão simples. Chegar no aeroporto e comprar uma passagem no balcão, ok. Normal. Luciano morava em São Paulo. Mas aqueles homens também sabiam que ele vivia em São Paulo. A possibilidade de estarem sendo esperados era real, bastava que, à noite, no hotel, Dr. Clóvis tivesse alertado os parceiros. Teresa entendeu a apreensão de Luciano, ainda que a considerasse excessiva. Aceitou a mudança proposta. A mudança seria ir a Brasília e, de lá, seguir a Porto Alegre, nem que precisassem pernoitar na capital. No entanto tinham conexão com folga. Mesmo assim decidiram não comprar a conexão a Porto Alegre. Não ainda.

No avião mudaram de ideia. Se pernoitassem em Brasília, embarcariam a Florianópolis no dia seguinte. Lá alugariam um carro e entrariam no Rio Grande do Sul não pela BR101, mas mais pelo oeste, via Chapecó. Difícil que fossem seguidos. Esta opção acrescentava dois dias à viagem, mas era mais segura. Teresa puxou o assunto que não saía da cabeça de ambos.

"Outra noite em hotel? Quartos separados? Não mudou nada, Luciano. Não existe nem compromisso nem obrigação, quero estar à vontade e que estejas também."

Teresa sorriu. Luciano queria dizer 'dois quartos', dizer que seria mesmo absolutamente sem compromisso, que seria secreto, que preferia que não se repetisse. Isso tudo queria desesperadamente dizer, mas tudo que fez foi sorrir de volta.

Dessa vez fizeram amor demorado, de suspiros e namoro. A partir de certo ponto Luciano conseguiu concentração suficiente para não comparar Teresa com Alice. A princípio o tato da pele era diferente e a de Teresa parecia melhor. Deixou que o encanto o levasse e, aos poucos, a comparação caiu no esquecimento e pôde se permitir deslizar para Teresa.

DIA 7

Luciano foi acordando aos poucos. Teresa ressonava ao seu lado. Por um tempo olhou para seu rosto. Dormia serena, tranquila, como tinha sido durante a noite. Desta vez parecia que se conheciam tanto, sussurravam palavras de amor e não importava. Quando estavam juntos, unidos corpo a corpo, Teresa amava Luciano e Luciano amava Teresa. Não queriam pensar que grau de sentimento era aquele nem se ia durar. Que importância tinha a duração? Alguém deixaria de viajar para um lugar apaixonante só por que um dia a viagem iria terminar? No caso deles, seria o fim das melhores e mais inesquecíveis férias da vida.

No entanto aqueles não eram dias de férias, mas de apreensão, fuga e perigos. Mesmo assim, por largos momentos Luciano só pode pensar nos dois.

Teresa dissera que a atração já existia quando Érico ainda vivia. Ela se recusava a pensar nisso, mas percebia o próprio coração, o corpo, os pensamentos que não podia controlar. Luciano foi sincero, não percebeu. Apenas sempre tinha achado Teresa uma mulher tão atraente, tão linda. Não disse que mais linda que a filha, porque não se diz uma coisa destas, e Teresa não acreditaria.

Luciano pensava no amor com que se entregavam. Não quis pensar nos outros, os autores dos futuros olhares, dos comentários que só não fizeram porque ainda é segredo. Mas tudo virá. Se algum dia um dois contar.

Olhou-a mais uma vez. Uma leveza suave e breve veio junto com um suspiro.

Teresa acordou um pouco. Olhou, amorosa. Quanto prazer lhe dera. Como foi bom, como estar com ela foi fácil. Tinha certeza de que para Teresa também tinha sido assim. Afinal, a iniciativa fora dela. Luciano sorriu.

"Vamos pro café?"

"Só me dá uns minutos."

Teresa achou o tempo chuvoso de Brasília bonito, sempre uma cidade tão bela. Grandes espaços vazios, céus imensos que lembravam os campos da Gerônimo. Trocaram amenidades antes de falar sério sobre os planos do dia. Concordaram em seguir até Florianópolis.

"Podemos mudar um pouco. Não alugar carro em Florianópolis, mas seguir de avião a Chapecó e lá, sim, alugar um carro e ir a Bagé."

Teresa preferia ir de avião até Passo Fundo. Luciano achou que um casal muito distinto, três mesas adiante, se comportava de forma estranha. Não conversavam, mastigavam o pão enquanto olhavam ao redor. Bebiam suco olhando ao redor. Bebiam café e olhavam ao redor. Luciano implicou com o casal, apontou para Teresa, que não viu nada demais. Luciano pensava: espiões. Levantou e Teresa, irritada, perguntou que ia fazer.

"Perguntas."

Aproximou-se armado de um bom sorriso. Fingiu confundi-los com outro casal. Inventou nomes. Falou sem parar, fazendo perguntas no meio da conversa. Era evidente que estavam desassossegados, aquele doido chamando-os pelos nomes errados. Enfim Luciano se desculpou duas vezes e voltou para a mesa.

"Acho que eram."

"Eram o quê."

"Espiões, coisa assim. Gente deles. Dos caras."

"Coisa assim?"

Talvez a risada de Teresa tenha sido alta demais e por isso Luciano parecesse ofendido. Claro que não eram espiões. Apenas um casal comum no café de um hotel. Para encerrar a discussão sobre o próximo passo, Teresa avisou que suas costas doíam. Resolveram ir de avião a Santa Catarina e depois alugar um carro em Chapecó. Devolver o carro em outro estado não era barato, e Luciano lembrou que há dias não estava de olho nos custos.

"Vamos lá. Pelo bem das suas costas."

"Mereço uma massagem?"

Luciano olha surpreso para ela e, em seguida, ao redor.

"Aqui?"

Em Florianópolis, uma boa espera, durante a qual Luciano viu capangas e espiões mais de uma vez. A chegada em Chapecó foi tranquila. No aeroporto alugaram um Focus para viajar confortáveis. Teresa dirigiu na primeira parte da viagem e Luciano dormiu. Não foi difícil. Fazia sol e a estrada passava por matas extensas intercaladas por áreas extremamente cultivadas. Chegariam às estâncias à noite e Luciano estaria na direção. Deixaria Teresa na Gerônimo, uma despedida que desde já descobriu prematura. Queria passar mais uma noite com ela. Trocaram de lugar três horas depois. Teresa dormiu rápido. E acordou logo, sentindo um leve desconforto no peito, fininho e apertado. Em sua opinião isso significava que não estava pronta para separar-se de Luciano. Mas que podia fazer? Não podia ficar na Los Ríos nem ele na Gerônimo, fora de cogitação. Pensar que a noite passada teria sido a última a entristecia. E Luciano? Será que sentia o mesmo aperto no coração, a mesma tristeza se anunciando? Um silêncio ficou no ar até que ele disse "sim". Não era o que Teresa queria ouvir e Luciano viu que apertava o peito com os dedos. Num grande posto de serviços cheio de caminhões pararam para um café. Os dois estavam melancólicos e Teresa tentou alegrar um pouco o momento:

"Hora de acordar e revezar outra vez, meu senhor. Cafés de beira de estrada são uma das piores experiências gastronómicas que se pode ter. Não podemos perder de jeito nenhum. Dormi três horas! Poxa, agora a direção fica comigo de novo e tu descansa."

O café era mesmo horroroso, mas um bolo caseiro recém-saído do forno compensou. Teresa resolveu ser absolutamente sincera.

"Não estou preparada para dormir sozinha."

Luciano não respondeu. Como dizer que sentia o mesmo sem esperar confusão? Olhava Teresa para que surgisse alguma ideia.

"Luciano, eu sabia que seria uma grande satisfação, um prazer enorme e, acredita, raro. Mas pensei que iria satisfazer o desejo e o desejo deixaria de existir. Não foi o que aconteceu. Não ainda."

"Não aconteceu."

Os dois comeram bolo e beberam café. Luciano foi ao toalete para pensar um pouco longe de Teresa. Queria outra noite com ela? Sim, queria. Muito? Queria que não fosse tanto assim. Chegando nas estâncias, que fazer? Precisava cuidar dos problemas, chega de romance. Isso era o que diria a Teresa. A preocupação com Laura aumentava, não tinha atendido seu chamado naquela manhã. Se achava que Alice podia estar em Montevidéu, era para lá que Luciano devia ir. E Teresa? Talvez fosse melhor nem dizer nada a ela. Chegariam na estância tarde da noite. Podia descansar um pouco e seguir na manhã seguinte para Montevidéu. Sem que ela soubesse. Não era possível cruzar fronteiras com carro alugado, então precisava encontrar uma solução para isso. Na verdade, acabara de pensar na solução. Bruno. Voltou à mesa.

"Quer, mas não tanto assim, não é?"

Como ela fazia aquilo? Ouvira os pensamentos dele no banheiro?

"Quero cuidar dos nossos problemas. Alice ainda está desaparecida. As coisas de vocês estão todas no meu nome."

Teresa respondeu rápido:

"Isso não me preocupa. Confio na sua integridade."

"Mas preocupa a mim, eles me procuram por isso."

Teresa foi prática e mais uma vez adivinhou os pensamentos dele:

"Sei que dá pra arrumar um carro privado para cruzar a fronteira, já deve ter pensado nisso."

"Teresa, tu é uma feiticeira. 'Una bruja'", disse em espanhol. "Sabe o que eu penso no instante que pensei."

"É só raciocinar um pouco pra chegar a esta conclusão. Reconheço que aprendi seu jeito de pensar."

"E como é?"

"Primeiro analisa várias possibilidades, depois raciocina um pouco e aí o pensamento e as decisões vêm em linha reta como uma flecha."

Ela sabia. Surpreendente.

"Eso es lo que hacen las brujas!" Luciano arriscou em espanhol.

"Não. Bruxas sugam a pessoa, tiram o que tem de bom, roubam sua paz. Eu fiz o contrário disso, não fiz?"

Luciano olha para ela sorridente. Um olhar e tanto.

"Fez. Me fez feliz."

"Não posso fazer mais?"

"Agora só tenho um pensamento: falar com Laura, encontrar Alice, acertar as contas com os caras e devolver a tal doação."

"Depois de acertar tudo pode não ter o que devolver."

Isso era novidade. Escapara de suas atenções. Afinal, de quanto era a dívida? E se os imóveis não cobrirem este valor? De que valores estavam falando? E teria coragem de incluir a estância Gerônimo no pagamento? Estes caras terão algum tipo de consideração com o valor afetivo da estância? E, se isso acontecer, que será de Teresa? Alice está bem estabelecida, Laura, encaminhada. Não podia garantir o mesmo sobre Teresa. Passou pela cabeça que poderia mudar para Los Ríos, mas isso seria brincar com a sorte. O segredo não duraria um mês. E Alice? Não deveria encontrá-la antes de procurar os caras? Não tinham problema de convivência, sempre educada e cordial, podiam fazer tudo a dois. Procurariam os caras juntos. Falariam juntos. Fechariam o negócio juntos.

"De quanto é a dívida?"

"Eu nem sabia de nada disso, Luciano. Pra mim tínhamos transferido tudo para o nome de Alice para evitar impostos de herança. Não sabia de roubo de diamantes, Copenhagen, tudo aquilo.

"Se é que é verdade que foi o Érico que ficou com os diamantes. Isso foi o que Dr. Clóvis disse. E se tiver sido o contrário? Se foi Dr. Clóvis que ficou com aqueles diamantes?"

"Neste caso Érico não teria se preocupado em transferir o patrimônio para Alice."

Teresa tinha razão. Deve ter sido mesmo Érico, achando que era um grandão, que tentou passar a perna nos grandões maiores que ele.

"Se não sabe quanto é, por que pensa que pode custar o patrimônio todo?"

"Também está pensando nessa possibilidade, não?"

"Nem precisamos conversar. Eu penso e você ouve tudo."

Pela segunda vez em três dias dirigia à noite por estradas mal sinalizadas e quase sem movimento. Estavam perto da fronteira com a Argentina. Teresa não queria dormir, ficava tentando sintonizar rádios em espanhol e achava graça nisso. Seu humor parecia estar bem.

"Gosto do sotaque. Sabia que a família de minha mãe era uruguaia? Era. De Taquarembó. Lembra de minha mãe? Então, a mãe dela, minha avó, era uruguaia. Segundo minha mãe, a bisa fazia questão de dizer que era de família andaluz. Sabe, aquele espanhol com a língua presa? Sotaque andaluz. Mas não sei se é verdade. Os invernos eram longos e as pessoas inventavam histórias para passar o tempo. A história da noiva do Camaquã é uma delas."

"Esta existe em vários lugares. A noiva deixada no altar desaparece e dali em diante o fantasma assombra perto de alguma água."

Põe a mão na coxa de Luciano, afaga.

"Não me deixa ainda. Me dá uns dias."

"Quantos dias?"

"Não sente vontade de ficar comigo mais alguns dias?"

"Sinto. Mas sinto mais vontade de ter paz. E estamos brincando com fogo. Não é possível levar isso adiante, Teresa. Tu sabe muito bem."

"O que eu sei é que daqui alguns meses posso não ter onde morar."

"Vamos impedir que isso aconteça."

"Não pode ter tanta certeza."

Como sempre, Teresa estava certa. Luciano considerava grandes as chances de perderem tudo.

"Aí eu mudaria para São Paulo."

Ele quase deu um salto. Como assim? São Paulo? Pra quê? Pra ser sua namorada? Sabia que não podia ser. Por outro lado, estava enamorado, gostando dela mesmo, e a ideia assustava, mas não lhe desagradava. Porém esta não era a abordagem adequada aos problemas deles.

"Não vamos falar disso agora, Luciano. Vamos pensar em estratégias."

Saíam do restaurante e caminhavam na direção do carro de mãos dadas. Luciano beijou a mão dela e olhou amoroso para dizer que não deixaria de falar desse assunto sem falta.

"Não podemos ir para as estâncias."

"Eu sei. Avisei o Bruno que estamos indo pra Bagé."

"Avisou?"

"Quando estava no banheiro. E disse que somos dois."

"E ele?"

"É amigo. Mas não conheço a esposa."

"Conheço de vista. Dizem que é boa gente. Que se dão bem. De Santa Maria.

"Helena."

Bruno não fizera perguntas. E talvez nem precisasse. Era brilhante, fama de mais inteligente da Universidade. O único negro na sua turma de medicina, o único negro na residência. O consultório lotado, expediente no hospital, aulas na faculdade de medicina. "Pra pagar o leite do casal". Não tinham filhos. De Helena Luciano sabia pouco. Bruno fizera residência em Santa Maria e lá se conheceram. Se foi na faculdade, não sabia. Com Bruno, a amizade começou ainda crianças, nos banhos de sanga, cavalgadas temerárias, jogos. Então Luciano casou, foi estudar em São Paulo e Bruno ficara por lá. Desde então pouco se viram. Mas a amizade permaneceu e por isso Bruno abriu a casa sem fazer perguntas.

"Que vamos dizer?"

"Tudo que puder ser dito. Mas amanhã. Vamos chegar tarde, vamos descansar."

"Quartos separados, por favor."

"Nem foi preciso combinar. De onde ele tiraria outra ideia?"

Olharam um para outro e começaram a rir. A rir muito. Riam porque estavam vivos, porque ninguém os perseguia, porque voltavam para casa, porque estavam juntos. Era a segunda vez que isso acontecia. Apesar da apreensão e das fugas, apesar de Alice e Laura, riam a dois a ponto de suar.

A casa de Bruno e Helena era confortável, ampla, bem decorada. Bruno mantinha um pequeno consultório junto à entrada. O resto, a arquiteta Helena tratou de cuidar e decorar ao longo dos anos. O resultado era de beleza elegante muito agradável. Mantinham uma boa adega para receber amigos, viajavam um pouco todos os anos – 'eu não pensava que seria assim, mas por causa dos pacientes fica cada vez mais difícil viajar' Helena, além dos estados do sul, tinha clientela no interior de São Paulo e até no Uruguai. Uma clientela no Uruguai? Luciano já estava alerta.

"Gostamos de feiras e encontros de criadores de cavalos. Temos os nossos árabes, alguns crioulos. Em feiras a gente conhece muita gente, faz amizade, frequenta a casa e uma coisa leva à outra."

Criação de cavalos era paixão de ambos. Arrendavam um pequeno campo para isso. Quando pensaram em filhos, optaram por esperar. E, de tanto esperar, o tempo passou. Eram felizes assim. Dois sobrinhos os mantinham encantados. E dois rodesians enormes também.

"Estes compramos de um criador de Petrópolis, no Rio de Janeiro. Precisavam ver o sítio do cara, uma mansão exótica no meio da mata atlântica. Muito boa gente. Tem uma terrinha por aqui também, com cavalos."

Contaram que, há dois anos, Bruno tinha sido hostilizado por um grupo racista de extrema direita que agia na região com um número cada vez maior de adeptos. Conseguiram espaço na Universidade, agiam com violência para sabotar atos de diretórios acadêmicos, assembleias e até festas de turma, que classificavam de 'festas esquerdinhas'. Helena protestou:

"Agiam, não. Agem assim até hoje. Aquele episódio com o Bruno não foi isolado. Já aconteceu com outros. Chegam de porrete em vernissages, festas, ou em qualquer lugar em que não se sintam representados. Têm um lema: "matar um esquerdista por dia."

Bruno falou sem emoção na voz:

"Um comunistinha por dia', lema de uma vida, não acham? Há os que escrevam livros, os que plantem árvores. Estes querem acabar com alguém todos os dias. Vão colher do que plantam."

"Bruno!"

Helena pareceu contrariada com a afirmação. Bruno insistiu:

"É verdade, e creio profundamente nisso. O que ocorre é que ficamos todos intimidados por essa violência. Chegaram a invadir uma reunião de professores – não uma assembleia, uma reunião regular. Outro dia encontraram um cartaz com a foto do Che no meio daquela profusão de cartazes que há nas paredes das cantinas. Pois fecharam a cantina e ordenaram que permanecesse fechada por uma semana. As pessoas têm medo. Fora da Universidade é a mesma coisa. Pior que, se perguntar o que querem, a resposta será 'exterminar alguém ou algum grupo'. É o querem. O que os move."

Helena estava preocupada com seus hóspedes, suas longas viagens nos últimos dias e especialmente este último, feito de carro. Pediu que Bruno deixasse o assunto para o dia seguinte.

"Teresa fica no quarto da nossa sobrinha, que casualmente se chama Teresa, também. Luciano vai pro quarto do Paulinho. Para esquecer que estão em quartos de crianças de 10 e 12 anos, terão que abstrair."

Estavam cansados e deixaram o resto da conversa para o dia seguinte.

DIA 8

Quando Luciano acordou eram quase nove. Pulou da cama, fez a higiene pessoal correndo. Na copa um café da manhã de qualidade estava servido e descobriu que fora o último a acordar.

"Por que não me chamaram?"

"Pô, vai começar o dia reclamando? Bom dia!"

Com desculpas cumprimentou a todos. Teresa estava bonita, cabelos presos e jaqueta de couro, um empréstimo de Helena, que acrescentou:

"Sim, queria buscar roupas na estância. Com tudo isso acontecendo. Não, né?"

Bruno achava que deviam ir juntos. Ou apenas ele e Luciano, então deixariam Teresa em casa, coisa que Teresa não admitia, nem queria ouvir falar. Alertar a polícia estava fora de questão. Nada de polícia. A Teresa só interessava a filha. Bruno quis dar um pouco de sossego:

"Alice deve estar viva. Deve, não, está, com toda certeza."

Luciano não estava sossegado, foi enfático:

"Está viva. Está e ponto. Chega disso. Ela nem está com eles. Está escondida em algum lugar. Sou eu que eles querem."

A veemência parecia deslocada no café da manhã. Luciano pediu desculpas e lembrou que não estava a par de nada disso até a semana anterior. Que a tal doação de Alice o colocava na boca do tubarão. Bruno estava tranquilo:

"Teresa contou. Alice se atrapalhou um pouco, né."

Bruno parecia jocoso, não ajudava muito.

"Depois dizem que médicos são atrapalhados, não é?" Bruno riu para a zombaria de Helena. Sim, eram. Mas não mais do que qualquer um se uma organização internacional de contrabando de diamantes investisse contra a pessoa. Quem não ficaria atrapalhado? "Mas por que ela estaria em Montevidéu?"

Luciano entendeu que Teresa já tinha contado muita coisa, mas não tudo. Ela que explicasse:

"Quando transferimos os bens e os investimentos todos para o nome dela, ela pediu autorização para comprar um pequeno apartamento em Montevidéu. Bem menina, teve um namoradinho de lá. Gosta da cidade desde então."

Namoradinho? Luciano nunca tinha ouvido falar. E disse:

"Namoradinho? Nunca ouvi falar disso."

"Ah, nada importante. Mas é por isso que vamos a Montevidéu."

"Vão entrar por onde?" Bruno era um homem com perguntas práticas. "Nem responde. Vocês vão por Rivera, que é grande e mais difícil de seguir alguém. De serem seguidos."

Concordaram em não passar nas estâncias. Depois do café iriam direto a Montevidéu com o carro de Bruno, que poderia cruzar a fronteira. Carros alugados, que não podem sair do país.

O carro de Bruno era simplesmente uma caminhonete Jeep preta. Igual a dezenas. Fácil de perder de vista. Tudo que precisavam era habilitar os cartões de crédito e seguir viagem. Despedidas curtas. Acima de tudo, amigos especiais.

Eram quase 180 quilômetros até Rivera.

"Antes que tu comece o assunto, não quero saber nada de namoradinho uruguaio, ok? Nunca ouvi falar disso, ela tava comigo e continuou comigo mais um tempão. E, agora, não importa mais."

"Durante teu cursinho em São Paulo."

Luciano preferiu a ironia juvenil:

"Claro. Aí precisou de alguém."

"Vocês eram tão jovens, isso aconteceu para ela como podia ser contigo."

"Fiquei quatro meses em São Paulo. Fiz o vestibular e voltei."

Teresa adoçou a voz:

"E aí já não existia mais nada. Na verdade, nunca existiu. Foram uns dias e pronto! Passou."

"Deixa pra lá Teresa. Não importa mais."

Teresa sorriu:

"Não aconteceu nada contigo em São Paulo?"

Devia dizer a verdade, que não aconteceu nada, que estudava, saía com amigos e voltava a estudar. E, assim que pode, voltou para a estância. Devia, mas resolveu mentir:

"Aconteceu, sim. Mas foi uma coisa muito curta, sem importância alguma. Nunca mais nem pensei nela. Até agora."

"Sei."

"Não foi nada."

"Bonita?"

"Sim."

"Colega? Onde conheceu?"

"Professora de inglês de um amigo."

"Então não era da tua idade."

"Não. 12 anos mais velha".

Teresa olhou para ele por um tempo. Depois sorriu e olhou para frente.

"É mentira. Tá mentindo."

Luciano gostou do embate. Resolveu que não admitiria a mentira.

"Claro que não é mentira."

"Vinha bem até a idade que inventou pra ela."

"Mas é verdade!"

"Não, Luciano, não é. Mas acho bonitinho assim, querendo me impressionar."

"Esse uruguaiozinho tu inventou pra ver se isso me deixaria ciumento?"

"Não, ele existiu. E quando Alice quis comprar em Montevidéu, associei uma coisa à outra. Ele existiu. Mas, sim, comentei pra ver tua reação."

"A reação foi boa? Como o esperado?"

"Foi correta. Passou no teste."

Teresa comentou que Luciano perdera os pais tão cedo naquele acidente imbecil. Não havia qualquer razão para entrar naquele assunto. Luciano quis saber por que falar disso.

Porque depois disso quase não apareceu mais na estância. Eu sentia falta de Alice, mas também queria te ver.

"Quando isso aconteceu, eu já tinha a Laura."

O pai de Luciano, o verdadeiro estancieiro da família, Emilio Medeiros, gostava de pilotar. Chegou a comprar um velho Cessna, que vendeu anos depois porque 'avião velho dá muita manutenção. E não uso tanto assim.' Então usava os aviões do aeroclube para seus passeios. Clara, a mãe de Luciano não era fanática por esses voos, mas frequentemente o acompanhava. Naquele dia não havia razão para acidentes. Céu azul, vento de cinco nós, tudo muito tranquilo. Decolou e subiu normalmente. De repente parou de subir, mergulhou de volta e se espatifou numa coxilha não muito distante da pista, uma pequena explosão. Peças e partes de corpos se espalharam num raio de 70 metros. Em São Paulo, Luciano, vindo do supermercado, entrava em casa carregado de sacolas. Viu a cara de Alice, perguntou o que foi, ela foi até ele, delicadamente tirou cada sacola de suas mãos e então o abraçou e beijou-o, sem dizer uma palavra. Um abraço apertado que demorou muito, muito. Luciano perguntou se tinha morrido alguém. Ela confirmou.

"Os dois."

A mãe sempre disse que queria morrer na Pelotas natal. Resolveu enterrá-los lá, Luciano achou que Seu Emilio não se importaria. Foi tudo levado a Pelotas e lá organizou o funeral, velórios, parentes, tudo mais. Alice retornou antes dele para São Paulo e Luciano preferiu assim. Voltou a Los Ríos, à paisagem da infância. Passou uns dias andando por lá, um homem vago e sem intenção. Foram dias de muito vento e Luciano se sentia grato por isso. Tratou dos assuntos legais que pôde, deixou o resto para o advogado finalizar.

"Fizemos uma visita nestes dias. Tu não parecia deste mundo."

"Filho único perde pai e mãe em desastre aéreo."

Estava surpreso com a própria reação, seus contatos com os pais tinham sido quase protocolares. Não era falta de afeto, era falta de jeito, dizia, que um dia resolveria tudo, um dia, sentaria com os dois para rever e consertar esses vazios. Então morreram, e Luciano, claro, descobriu que não devia ter adiado tanto assim. Mas aos

24 anos não se pensa que algum prazo na vida tenha terminado. Aos 24 anos Luciano achava que todos os prazos só venceriam depois dos 50. Acertou com Seu Antero, agora também proprietário de terras, a gerência da estância, resolvido a levar sua vida de economista em São Paulo. Foi ausente por muitos anos, na verdade desde então. Seu Antero foi gerente e capataz de rara competência, manteve tudo funcionando. Luciano era cada vez mais raro, por mais que apaixonado pela paisagem, pelos aromas, pela cor dos verdes na primavera. Gostava dos frios e dos verões. Inexplicável que aparecesse tão pouco. Alice perguntava e ele respondia que a paixão não cedera, mas pela paisagem da memória, pelos aromas das lembranças.

A passagem pela alfândega uruguaia se deu sem problemas. E, no Uruguai, seguiram pelo litoral, onde as estradas sempre foram melhores. Isso significou uma volta considerável, e talvez chegassem muito tarde em Montevidéu. A alternativa era pernoitar em Piriápolis ou em Punta del Este e seguir até a capital no dia seguinte. Sorriu sincero.

"Assim temos mais uma noite juntos."

Teresa também sorriu. Ele acrescentou:

"Porque, quando encontrarmos Alice, isso tudo terminou. Vamos combinar assim?"

"Claro que sim, Luciano. Isso já foi longe demais."

"Porque não queremos que Alice fique sabendo de nada. Nada nunca, certo?"

"Absolutamente certo. Minha filha perderia o respeito por mim."

"Por quê?"

"Porque concordo que foi uma aventura que já deu o que tinha que dar."

"Não. Por que Alice perderia o respeito? Por que sou eu?"

"Claro."

"Ela esperaria que fosse um homem melhor?"

"Ela não ia querer que fosse meu genro."

"Ex-genro."

"Nesta hora estas sutilezas desaparecem."

"Você pode dizer que, nas circunstâncias, fui o melhor que apareceu."

Teresa percebeu a mofa, que podiam se divertir – e não sofrer – com a última noite juntos.

"E tu?"

"Direi que há anos não consigo tirar os olhos da tua boca. Que sempre quis beijar esta boca."

"E meus peitos?"

"Também. E a bunda. Há anos olhando tua bunda."

"Também passei anos olhando pra tua boca."

"A minha?" Olha para si mesmo no retrovisor. "Que tem demais?"

"O que a minha tem demais?"

"É tesão."

"A tua também. Sempre achei."

"Acho isso desde garoto. Desde antes de namorar Alice."

Os dois riem.

"Então, é tudo culpa das bocas."

"Nada a ver com bundas."

"Não é incrível?"

Luciano deixa passar algum tempo.

"To brincando. Não olhava pra boca nem pra peito nem pra nada. Nunca me passou pela cabeça."

"Pena. Estava acreditando. Pela minha passou."

Sumiram as risadas. Tinham deixado a conversa ir longe demais. Chegaram à ruta que desce pelo litoral, autoestrada moderna, duplicada, onde era possível andar com alguma velocidade. Resolveram não parar para almoço, apenas um lanche, comido dentro do carro. Num posto de gasolina com loja, compraram comida e algum espumante. Luciano dirigia e Teresa servia pedaços de presunto cru, queijo e lascas de pão. O espumante esperava, era para o que já chamavam de 'nossa última noite', beberam água e suco e falaram sobre Alice. Repactuaram o compromisso de que ela jamais saberia de nada do que ocorrera entre eles. Que encontrá-la era prioridade, primazia sobre procurar os sujeitos. Teresa, mãe, revelou que costumava calar sempre que aflição a acometia, em ondas, em golfadas de náuseas. Então falava de outras coisas, tentava mudar os próprios pensamentos. Curioso era que então a acometia uma fome quase indomável. Grande esforço para desviar a própria atenção do assunto. Impressionado com aquele tom confessional, só pôde dizer uma bobagem:

"Por isso tantos cafés."

Merecia o olhar que Teresa lhe dirigiu. E sua aflição? Qual era? Encontrar aqueles homens antes que fizesse mal à Alice e, por extensão, à Laura. Achou estranho não se preocupar tanto assim com Alice. Por Teresa? Por que aquela relação estava fadada a um fim iminente? Estava, claro. Um episódio curto. Para Teresa e Luciano não haveria primavera suficiente. Mas por que pensar neste futuro tão próximo? E assim Luciano estendia o presente. Melhor se concentrar na procura dos sujeitos.

"Eles nos acham."

Luciano estava inquieto:

"Preferia estar um passo à frente deles. Até aqui eles estão sempre nos esperando chegar."

"Porque fizemos o que queriam. Eles estavam atrás de ti e saímos andando por aí sem pensar melhor. Eles sempre souberam o que queriam."

Teresa tinha razão. Luciano sempre achou que sabia o que queria. O que era adequado querer. Mas os últimos dias enfraqueceram esta convicção. Lamentou:

"E nós, sempre atrás de Alice. Fomos para Diamantina atrás de Alice. Eles sabiam que iríamos para lá."

"Errado. Fomos a Diamantina para negociar com alguém que Érico conhecia. Eu sabia que ela não estava lá."

Luciano muito surpreso.

"Mas tu foi junto pra…"

"Pra conversar com Dr. Clóvis."

Não parecia ter sido a única razão, mas Luciano não podia imaginar que Teresa tivesse tanto sangue-frio. A filha desaparecida, Luciano sendo seguido e ela faz uma viagem um tanto arriscada em nome de uma aventura romântica?

"Não fiz esta viagem por ti, Luciano, apesar de que a ideia não fosse desagradável. Fiz porque realmente acreditava que Dr. Clóvis pudesse dar uma ideia geral do que estava acontecendo. E deu, né?"

Luciano sentiu raiva e vergonha.

"Menos sobre Alice."

"Alice está bem. Eu sei, eu sinto isso.

"Sei. E aqui estamos, de novo em busca de conversar com alguém que você conhece. Como sempre, vamos acabar encontrando a gangue."

Então Alice tinha um apartamento no Uruguai. Por causa de um romance. O único consolo era que muito provavelmente Milton também não soubesse. E nem Teresa sabia o endereço. Se Alice alguma vez revelou a compra foi com Érico, a mãe nunca soubera disso. Luciano apostaria na capital.

"Conhecendo Alice, eu diria que seria em Montevidéu."

"Ela disse Montevidéu. Já falei."

"Por causa do amor de verão."

"Sim. E um pouco de outono também."

"Não!"

"Qual é o problema?"

Luciano descobriu-se capaz de indignação décadas depois:

"No outono eu tava de volta."

Foi necessário que um longo silêncio restaurasse os pensamentos. Resolveram evitar Punta del Este e fizeram check-in num hotel simpático de Piriápolis. Teresa estava com fome. Luciano perguntou se era aflição, mas ela respondeu que não. Apenas precisava se alimentar. Depois de algumas ponderações, resolveram que não seria tão arriscado jantar num restaurante. O espumante ficaria para a volta.

Poucas mesas ocupadas, um bom jantar, um bom vinho. Conversas sobre conhecidos remotos, parentes que já se foram, e episódios de muitos anos atrás.

"Preciso mudar de assunto, Teresa. Uma vez mais."

Esclarecimentos, explicações, tanta coisa faltava. Luciano sabia que, na maior parte das vezes, ela não teria o que dizer. A essa altura já sabia que era pela simples razão de que lhe faltavam as respostas. Mesmo assim, Luciano começou com as perguntas.

"Por que tu acha que talvez os imóveis não paguem a dívida? Aliás, até agora não sei qual é a dívida. Nem quanto valem os imóveis que Alice jogou no meu colo. E mais tarde ainda vamos falar de imposto de renda. Mas quanto valem? Eu imagino que vários milhões. Até agora só Dr. Clóvis falou em valores daqueles diamantes surrupiados. Falou em 55, em 14, 88, sei lá. Coisa dessas. Mas por que os imóveis não bastariam? Alice ficou com alguma coisa?"

Luciano paralisa. Alice fez, sim, uma outra coisa. Este era o segredo. Ou um deles. Por isso Teresa era tão evasiva quando o assunto eram os valores envolvidos. Claro que sim. Como foi que não viu antes?

"Ela doou uma parte pra ti."

Teresa suspira. Não havia por que continuar escondendo.

"A estância."

Então Luciano não tinha sido o único! Quando foram atrás dos registros públicos descobriram as duas doações. Duas apenas? E se tiverem sido mais, envolvendo mais gente?

"Doou pro ex-marido, pra mãe, quem mais? Só poupou o Milton?

"Eu nunca soube da doação pra ti. Tu conhece Alice: poucas palavras, sempre evasiva. Simplesmente avisou que estava fazendo a doação para deixar alguma coisa comigo. E usou o Milton como um dos motivos. Tinha receio de que ele, algum dia, pudesse reivindicar a estância ou parte dela. Mas, acredita, nunca disse uma palavra sobre te incluir nesse negócio. E nem me passou pela cabeça. Se não queria com o marido atual, por que iria com o ex?"

Por confiança, pensou Luciano. Mas não disse. Por que tinha outra pergunta:

"Quem mais?"

"Não sei. Estou falando a verdade, Luciano. Não sei de mais ninguém. E quem poderia ser?"

"Qualquer pessoa. Na cabeça de Alice essas doações protegeriam o patrimônio. É muita ingenuidade. É não saber como o mundo funciona. A vida real. Como se não bastassem um advogado e algumas perguntas pra descobrir."

Teresa não o olhava enquanto atacava a filha. E Luciano continuou:

"Não foi criada pro mundo real, viveu na redoma, protegida por papai e mamãe."

Nem assim Teresa olhou para ele. Parecia em transe.

"Pensou que era esperta, mas faltou bravura e saiu de campo quando a coisa estourou. Agora? Agora aqui estamos. Alice? Ninguém sabe. No apartamento de Montevidéu comendo frutos do mar. Quem foge por todo o Brasil sou eu."

Era um momento para frases, frases de impacto e memoráveis, mas as frases não lhe ocorreram. Para isso, um corretor do agronegócio não está preparado. Luciano se dá conta do quanto lhe fazia falta uma frase naquele momento. A frase certa interromperia o jorro. Ouviu a voz baixa de Teresa.

"Não alimenta esta raiva."

Luciano não conseguia amainar.

"Além de ter recebido a estância de volta, também sabe onde fica este apartamento?"

"Não. Juro que não. Mas se este apartamento existir, conheço quem pode saber."

"Não. Não o uruguaiozinho. Não ele."

Teresa ri.

"Deixa de ser bobo. É um homem de sua idade, trabalhou a vida toda com os negócios da família. Couro. Sei muito pouco. Grandes chances de que tenha casado. Que tenha filhos. Deve estar aposentado. Sim, tenho notícias dele porque a cada natal recebemos um cartão."

Luciano queria perguntar o que achou mesquinho. Mas quem o culparia desta mesquinhez?

"Eles continuam se encontrando?"

"Não que eu saiba."

E Teresa acrescentou, antes que ele perguntasse:

"Não falei com ele. Com ninguém. Achei mais seguro. Amanhã ligamos em cima da hora e vamos almoçar."

Outra surpresa para Luciano:

"Então existe um telefone."

Teresa riu de novo. O desconforto de Luciano era evidente:

"Vai ser ótimo. Almoço maravilhoso."

"Luciano."

As frases, cadê as frases?, pensou. Luciano queria encerrar a conversa, mas não encontrava um caminho que levasse ao fim:

"Teresa. No que me diz respeito, tu escondeu uma parte importante de toda a armadilha de mim. Tu sabia das doações."

"Não da tua."

Enfim olhou para Luciano e continuou:

"Achei que Alice tinha feito a doação exclusivamente da estância, pensando em mim. E achei que era melhor ninguém mais saber disso. Quando ficou evidente que era atrás de ti que estavam, pensei que queriam chegar em Alice."

Luciano sorriu sem rir:

"Não. Estavam atrás de mim pra chegar em mim."

Teresa baixou os olhos. Que dizer? Pegou na mão dele sobre a mesa.

"Desculpa."

"E amanhã vou ser apresentado a mais um personagem desta trama quixotesca; o uruguaiozinho. Que até pode fazer parte do bando."

"Precisamos dele. Tem outra ideia? Prefere que eu o encontre sozinha?"

"Não vou perder isso por nada."

"Então confia em mim. E deixa eu fazer isso do meu jeito."

"Mas é só o que temos feito! As coisas do teu jeito, Teresa. Quanto tempo mais?"

"Amanhã podemos saber."

"Não. Assim não dá. Temos que saber o que queremos dele."

"Queremos saber de Alice."

"Do apartamento de Alice."

"As duas coisas. Mas ele não precisa saber que está desaparecida."

"Ele não precisa saber que está desaparecida? Verá nós dois em Montevidéu perguntando pelo endereço dela. No lugar dele, que te passaria pela cabeça?"

Teresa retira a mão. A veemência de Luciano é desagradável. Ele continua.

"O que me passaria pela cabeça se fosse ele? Vento. Passaria vento pela cabeça."

A indignação era que tudo fora escondido dele. Teresa não pensava que ele pudesse ter razão.

"Vocês eram tão jovens. Tu estava com tua professora em São Paulo, não estava?"

"Era mentira."

Teresa sorriu.

"Eu sei."

"Sabe?"

O tom de voz era agressivo, Teresa se retraiu um pouco.

"Mas poderia ter existido uma professora e um caso com ela. E não seria de espantar."

Teresa estava certa, claro. Luciano esperou a calma voltar e propôs planejar o almoço com o uruguaiozinho.

"Ramón. O nome é Ramón."

Ele fica encantado.

"Sempre vou errar este erre. Chamar de jamón." Uma risada, nem que fosse para relaxar. Teresa também ri, um pouco constrangida.

"Para, vamos falar sério."

"Já estamos."

Ramón e Alice tinham se conhecido em alguma noitada em Pelotas. Ela terminara o terceiro ano e estava passando uns dias na casa de uma amiga. Ele gostou dela. Segundo Teresa, Alice ficava com ele porque gostava da companhia. Depois do Natal, Ramón apareceu na fazenda sem avisar. Acabou hospedado na Gerônimo. E passaram aqueles dias por lá, passeios a cavalo, idas às cidades, foram a Porto Alegre. Segundo Alice, aparentemente nada de maiores intimidades. Mas que certeza pode ter uma mãe sobre essas coisas? Em São Paulo, Luciano passara no vestibular e retornou ao sul. Com a volta de Luciano, Ramón desapareceu e nunca mais insistiu. Desapareceu para sempre. Alice disse que estava num seminário de padres, o que não parecia ser o perfil do rapaz. Tentaria conciliar os estudos para padre com comércio de couros, atividade da família há algumas gerações? Não há como saber se teria sido um bom padre. Teresa soube que Ramón foi um bom comerciante como o pai e o avô. Abrira lojas de artigos de couro por todo o Uruguai e tinha franquias na Argentina. Antes que Luciano perguntasse, Teresa explicou:

"Como sei tudo isso? Porque estou no mailing dele, recebo as publicidades pelo face e pelo insta."

"Recebe e abre."

Risada de Teresa.

"Claro que sim. Deixa de ser bobo. Tu e Alice estão separados há anos."

Luciano não entendia por que se sentia ultrajado. Amores que já morreram deixam feridas aberta do tempo em que eram amores? Gostaria de saber. E de ocultar este sentimento de ultraje com o tom sarcástico:

"Amanhã virá o padre ou o don Juán? Don Jamón?"

"Ele pode se ofender."

"Então estaremos quites."

Aquela foi uma noite diferente, de sofreguidão e alguma tristeza. Fizeram amor de luzes acesas, cada um queria guardar impressa na retina a imagem do outro, como um carimbo, uma tatuagem, guardar para sempre. Brincaram, acariciaram, beijaram, rolaram pela cama. E, imaterializados um no olhar do outro, foram cortando as luzes e revezando o que puderam. Por fim, exaustos, desligaram a última luz.

"Talvez pela última vez: boa noite, Luciano. Meu amor."

Ele não respondeu. Na luz fraca das cortinas do quarto, viu Teresa sorrir. E dizer:

"Eu sei."

"Sei que sabe."

Então disse boa noite.

DIA 9

Marcaram pelo Instagram. Almoço num restaurante da orla. Segundo Ramón ("só um namorico, você estava fora"), uma parrilla de frutos do mar deliciosa. Para fazer tempo, deixaram o carro num estacionamento e caminharam por quase três horas pelo Mercado del Puerto lotado de turistas. Teresa comprou um pequeno violonista de cerâmica, um gordinho com seu violão. Desejava uma recordação daquela manhã.

"Mas não sou gordo nem toco violão."

"Lembrarei de que foi algo de que gostei quando passeava com quem gostava."

Um tanto entediados, resolveram chegar mais cedo ao restaurante. Ramón chegou logo depois. Imediatamente repararam no colarinho. Ramón era padre.

"Isso é uma surpresa, Ramón."

"Sempre tive a vocação. Faltava a convicção. Então casei. Dizem, fazendo piada, basta casar para a convicção surgir. Casei muito jovem, tenho uma filha, sou viúvo. Voltei à vida religiosa, minha filha toca os negócios. Prazer, sempre quis conhecer você, Luciano."

Aquilo foi inesperado, mas Luciano não pretendia deixar-se levar qualquer simpatia de castidade. Antes, avaliou como teria sido ter aquele homem como rival.

"Eu não sabia que tu existia até dois dias atrás."

"Eu sei. Melhor assim. Não devemos acrescentar importância exagerada a fatos que não a têm."

Teresa pretendia levar a conversa para outro caminho.

"Estou muito curiosa. É padre, com paróquia, tudo? Devo chamá-lo Monsenhor?"

"Dona Teresa, minha grande alegria é o sacerdócio. Paróquia? Mais ou menos. Estou conduzindo meu trabalho em outra direção. Tenho licença para ser um pesquisador de teologia junto à cúria. Digamos que nem tanto padre nem tanto frei. Ou monsenhor. Somos todos ordenados segundo os sacramentos. Enfim, encontrei meu lugar na vida e estou feliz. E vocês? Alice não está separada?"

Luciano falou rápido demais:

"Está. Faz algum tempo que não a vejo. Alguns anos, não sei quantos."

O exagero era tão tolo que Ramón limitou-se a sorrir. Compreendia que, para Luciano, o passado surgisse de repente como sacrilégio. Até a agressividade de Luciano não o surpreendia. A voz soava arranhada, como se rosnasse:

"O marido e o filho estão na estância neste momento. Aguardando por ela."

Ramón olha para Teresa, depois para Luciano.

"Que você quer dizer?"

Luciano não desviava os olhos de Ramón:

"Onde está Alice?"

Teresa levou a mão até perto da mão de Luciano, mas interrompeu o gesto, que, mesmo assim, parecia ter sido percebido por Ramón.

"Por que perguntas isso? Onde está Alice? Não sei!"

Dá uma risada e acrescenta:

"Comigo não está."

Luciano, imóvel, não diz nada. Teresa não ri, apenas mantém os olhos fixos em Ramón. Por um breve momento, Luciano gostou de pensar que, como se felinos instintivos, cercavam e paralisavam a presa. Padre Ramón sentiu a pressão:

"Mas que é isso? Acham que raptei Alice?"

Luciano, satisfeito, mas impaciente com aquele interrogatório brando demais, falou em voz ainda mais baixa e cortante:

"Quem falou em rapto? Ninguém tinha falado em rapto. Tu sabe de alguma coisa, padre?"

"Sou Ramón."

Teresa levou de novo a mão na direção da mão de Luciano, e desta vez Luciano teve certeza de que Ramón percebeu. Durante um breve momento os três compartilharam o silêncio do que poderia ser uma epifania para padre Ramón. Mesmo adivinhando os pensamentos do padre, Luciano continuava orgulhoso, hostil. O que Alice tinha visto no sujeito, afinal? Não era muito alto. Sim, bem barbeado, costeletas discretas. Um blazer marrom claro sobre uma blusa grossa, o colarinho aparecendo na gola. Tinha voz limpa de barítono, falava português corretamente, vez ou outra parecendo um pouco portunhol, o dialeto português/espanhol que cruzava as fronteiras do sul do Brasil. Língua de ninguém, não se estudava portunhol nas escolas, mas todos no sul da América conheciam. E Ramón também falava português.

"O que houve com Alice?"

"Está desaparecida."

"Triste?"

Luciano acreditou ter tido nova revelação. Triste! Por que ninguém pensara nisso? Alice podia simplesmente estar triste. Deprimida, resolvera sumir para pensar. Ou chorar. Ou as duas coisas. O fato é que Ramón introduzira nova sugestão de linha de raciocínio. Logo um padre. Mas Teresa não se impressionara.

"Não há por que pensar nisso. Não existe indício de que Alice esteja deprimida."

"Existe indício de outra coisa?"

Ramón trazia perguntas novas para aqueles pensamentos circulares cansativos onde Teresa e Luciano se viam enredados há dias.

"O que a preocupa, dona Teresa?"

Luciano estava tão compenetrado na observação dos detalhes – o olhar, as mãos, a voz – que quase perdia o sentido da pergunta. Não responderam à pergunta, então Ramón explicou:

"Vocês procuram por quê? Não estão só aguardando um telefonema em casa, não, vocês procuram. Vieram até aqui ver se está no apartamento. Devem estar preocupados."

Luciano estava achando o padre muito lúcido, ia acabar descobrindo alguma coisa. Tocou o assunto adiante.

"Sabe onde é?"

"Ciudad Vieja. Estive há muitos anos. Não voltei mais lá."

"Consegue nos levar?"

"Melhor ligar antes. Até onde sei, mora uma pessoa no apartamento."

Luciano viu uma luz se acender. Uma pessoa morando no apartamento de Alice? Por que ninguém sabia disso? Não ele, ex-marido não tinha que saber. Mas a mãe, Milton? Começou a dar algum sentido àquilo. Claro que Milton não podia saber. Alice alugara o apartamento para um amigo – ou amiga – de quem Milton não devia saber. E devia haver uma boa razão para que Milton não pudesse saber. E, quando parecia que tinha a compreensão na palma da mão, perdia outra vez o fio do raciocínio. Quanto mais parecia compreender, mais confuso ficava. Mas não parecia que tivesse alugado o apartamento se, conforme dissera o padre, Alice podia estar lá. Tudo levava a crer que se tratava de outra coisa.

"Alice tem amante?"

Mal-estar e silêncio de Ramón.

"Ele é conhecido nosso?"

"Ela."

Luciano e Teresa estáticos. Mais surpresas.

"Não creio que conheçam."

"Como sabes disso, Ramón?"

"Porque a conheço. Uma chilena chamada Mercedes. Era cliente das lojas. Ainda é."

"Então não faz tanto tempo."

"Nunca a vi com Alice. E não comentaria em outras circunstâncias. Mas o que estou contando é a verdade. E só o faço porque vejo aflição no seu olhar, Dona Teresa."

Luciano nem tentava mais disfarçar a ansiedade:

"Pode ver no meu também. Mas não quero saber que relação vocês três têm. Temos uma urgência. Precisamos saber de Alice."

"Luciano, por favor."

Luciano percebeu que Teresa não estava de acordo com nada que dissesse. Quando teria começado aquilo? Que horas de que dia?

Alguma palavra mal colocada no dia anterior? Quantas palavras mal expressadas ou mal entendidas eram necessárias para um verdadeiro mal entendido? Poucas, quem sabe uma só. Mas que palavra seria essa, Luciano não conseguia atinar. Cada noite com Teresa tinha o frescor e a intensidade de ser ao mesmo tempo descoberta e despedida. A noite anterior tinha sido melhor e mais aconchegante do que podiam esperar. Luciano estava mesmo eufórico daquele calor e da entrega com que se permitia na hora do amor com Teresa. Haveria brisa, haveria flores, haveria melodia nas lembranças de Luciano.

O dia amanhecera como benção, o lucro que a vida lhes concedia pelo viver até ali. Dia de pequenas ternuras, de gestos delicados. Até encontrarem Ramón. Agora Luciano se perguntava: qual era o problema de Teresa? Não estava de acordo com nada que falasse. Um dos dois sobrava ali. Ramón percebeu o atrito velado e respondeu em voz calma.

"Como disse, há alguns anos não vejo Alice. Falamos duas ou três vezes por telefone. Senhor Luciano, nunca mais vi Alice. Posso fazer contato com Mercedes, que mora no apartamento. Não posso garantir que esteja lá."

Saber que Alice tinha uma namorada não dizia onde ela poderia estar, mas aumentava a possiblidade de obter informações em Montevidéu. Ramón ligou e conversou em espanhol que tanto Luciano quanto Teresa compreendiam. Ramón podia estar falando com Mercedes, ou talvez não. O que ouviam era uma conversa amena e com alguma intimidade. Então Ramón informou que Teresa queria falar com Alice, e um longo silêncio em que, parecia, só Mercedes falava. Então disse que com certeza seria conversa rápida. Novo silêncio de Ramón. Quando desligou, Luciano e Teresa estavam, de certa forma, decepcionados. E Luciano um pouco desafiante.

"Era Mercedes? Quem garante que era ela?"

"Eu."

Mercedes tinha sugerido um lugar público, encontraria com Luciano e Teresa na manhã seguinte num café. Luciano desconfiou. Por que este tempo de espera? Por que não naquela tarde? Por que o intervalo? Em lugares encontrariam o escudo das testemunhas, o anonimato. E, estando no Uruguai, num café. Turistas num café em Montevidéu. O encontro não poderia ser em lugar melhor. Então por que estava tão inquieto? Luciano não sabia explicar. Ou haveria a possibilidade de Mercedes também estar com aqueles sujeitos uruguaios? Sabia onde Alice estava? Queria tempo para avisar? Ou não sabia e queria este tempo para encontrá-la? Mas o local não estava definido. Mercedes pedira tempo para pensar num café.

"Armadilha. Está avisando os sujeitos."

Padre Ramón estava tranquilo:

"Ela não conhece todos os cafés da cidade. Quer indicar um que seja prático."

Tudo fazia sentido. Luciano não entendia por que estava tão desconfiado. Na verdade, estava assim nos últimos dias, e com toda razão. Naquele momento, pensava na possibilidade de Mercedes avisar os sujeitos – e estava à flor da pele.

Café no dia seguinte significava outra noite sozinhos. Este pensamento ocorreu aos dois e Ramón percebeu algo nos olhares disfarçados e mais uma vez não comentou nada. Luciano não gostava dele, mas tinha que reconhecer, lhe agradava que fosse um homem discreto. Mais uma hora de conversa e o celular de Ramón deu sinal.

"Mercedes sugere o café do hotel Sheraton. Não é difícil encontrar. Pede que eu não os acompanhe, ela saberá quem são."

"Como?"

"Não sei. Não disse."

Tudo deixava Luciano desconfiado. Estava farto disso.

"Só se Alice estiver com ela e nos identificar."

Teresa deixou a mão ostensivamente sobre a de Luciano por alguns segundos.

"Deixa, Luciano, não vai ser difícil nos reconhecermos. O que ela faz?"

Padre Ramón não baixou os olhos para as mãos e Teresa retirou a sua.

"É ourives."

Luciano sentiu um arrepio.

"Era só o que faltava. Ourives?"

"Parece que trabalha para grandes clientes. Sempre viajando pelo mundo. Tem uma mansão em Punta, mas prefere encontrar Alice aqui."

"Como sabe tudo isso?"

"Somos amigos."

Luciano não controlava os pensamentos. Casualmente uma ourives. Que lapida pedras? Diamantes e ouro, claro. Criação de joias. Artista. Luciano rosnou:

"Agora tu pegou pesado, Jamón."

Teresa não gostou que brincasse com o nome, tinha pedido isso, achava a agressividade improdutiva. E Luciano não parava:

"Ourives? Não seria melhor arranjar outra profissão para a mentira?"

"Primeiro: não é mentira. Segundo: qual é o problema com ourives?"

Luciano precisava se controlar para manter o tom de voz normal:

"Problema nenhum. Mas para uma mentira, devia dizer jornalista, professora, dona de café, qualquer coisa..."

"...Que não ourives. Entendi. Não entendi por quê."

Teresa interferiu para salvar a situação.

"Nem eu, Luciano. Não imagino o que possa ter contra ourives. Mas seja jornalista ou professora ou outra coisa qualquer, vamos deixar a profissão da moça de lado. Imagina por que pediu que não nos acompanhasse?

"Assuntos privados que não me interessam. Algo assim? Imagino eu. Algo assim."

"Ramón, já foste amigo de minha filha e meu hóspede. Acho que amigo dela ainda é. Portanto preciso perguntar: o que sabe de Alice?"

"Menos que vocês."

Luciano facilmente perde a paciência.

"Tu tem contato com a amiga, ou namorada, dela."

Olhou para Teresa irritado.

"Esposa? Como vou classificar essa mulher?"

"Não é necessário classificar, Luciano. É Mercedes."

"Tão cândido."

Teresa também quis saber por que Ramón não poderia estar com eles no café no dia seguinte. Estava intrigada e talvez também achasse um pouco assustador. Estariam novamente diante de uma armadilha?

Luciano estava cansado daquelas dúvidas, do eterno questionar-se, da infinita busca por uma nova e definitiva compreensão dos fatos. O que, aliás, era a tônica daqueles dias.

Então sairiam dali discutindo o assunto. E não chegariam a concluir nada que já não soubessem. E tentariam rever tudo o que sabiam. Como um moinho em que as pás subiam e desciam com o mesmo esforço, girando tudo e sem sair do lugar. Gigantes com armas inúteis para os dois. E então?

Então andariam pela cidade. Encontrariam um bom restaurante para o almoço. Falariam da relação de Alice com esta Mercedes. E, como se cada vez mais de perto, fascinados falariam de Alice. Teresa tão aflita, Luciano cansado do que passou a entender como fuga. A coisa toda era uma grande fuga de Alice, fuga que a todos comprometia.

Voltariam a caminhar pela cidade velha, perdendo-se e voltando a se encontrar. E por isso voltariam a sorrir. Encerrar as angústias levava um tempo. Então falavam do romance impensável. Às vezes ternura, às vezes excitação. Às vezes paz, então loucura, frenesi e paixão. Falavam e eram livres para falar.

Luciano gostava de ouvir Teresa contando sua versão dos banhos de sanga, que lembrava cheia de risadas e olhares fugidios. Seu ponto de vista das carreiras e dos aniversários, das cantorias dos parabéns e das canções regionais, os gritos de sapucaia, os suores dos cavalos e ginetes. Na lembrança de Teresa, Luciano sempre destaque da turma, ou com Alice, meiguice e encabulamento. Teresa, ela observava o rapaz, que nada disso percebia, suas memórias perdidas nas provações de adolescência, para o bem e para o mal. Ela contaria outra vez, e de novo ele diria que não acreditar, e Teresa, refugiada entre risadas, achava bom, tudo mentira.

Falariam sobre viver em algum lugar onde ninguém os conhecesse e, durante um café, sobre esse destino que de um lado os mantinha aflitos e impedia de saber mais de Alice e, de outro, providenciava sempre mais uma noite para os dois.

"Sempre uma nova última noite."

"Bizarra providência."

Mas a providência tinha outros planos. De volta à conversa com padre Ramón, Luciano queria entender: por que Mercedes não queria a presença de Ramón? Que poderia haver por trás desta negativa? Ramón era amigo dela. Ou, vá lá, um conhecido há anos com quem tem relações fraternas. Ela deu o telefone a ele assim que pediu. Isso era confiança ou não?

Por outro lado: e se ela estivesse esperando este contato? Neste caso, Mercedes imaginaria que mais cedo ou mais tarde Luciano apareceria em Montevidéu procurando por Alice. Estaria só esperando isso acontecer. Por que não? Neste caso, a pergunta 'onde está Alice' ganhava novas cores. A namorada estaria dentro da coisa, a questão era se junto com Alice ou com aqueles sujeitos. Teresa e ele estariam em perigo? Resolveu que era tenso, mas não perigoso. Precisavam dele vivo e Luciano pretendia negociar a liberdade de Alice antes de qualquer conversa. Mas sempre havia perigo. Teresa tensa ao dizer:

"Podia ir conosco assim mesmo, Ramón."

"Parece que Mercedes quer um encontro a três. Deve estar relacionado ao conteúdo da conversa que pretende ter."

Mercedes já nos aguardava?"

"Já."

Luciano não sabia por que ainda se surpreendia. Arregalou os olhos.

"Ela disse isso?"

"Disse que estava esperando para falar com vocês."

Luciano controlou a voz, sussurrando:

"E por que não disse antes?"

"Ora, achei que fosse normal."

"Como normal, se não avisamos que viríamos?"

Ramón calou por alguns momentos. Era possível ouvi-lo pensar. Percebeu urgência e até certo medo na voz de Luciano. Falou devagar com sua voz grave.

"Vocês podem me dizer o que está acontecendo?"

Teresa se antecipou:

"Não."

"Vocês estão nervosos. Acham que Alice não está bem? Aconteceu alguma coisa muito séria que não querem me contar? É um sequestro?"

Luciano achou a perspicácia irritante:

"Não é sequestro porque ninguém pediu resgate. Só se for algum tarado que levou Alice para suas taras sexuais."

"Luciano!"

Ramón sorri.

"Sou um padre do mundo, Luciano. Como Santo Agostinho, já senti os desejos carnais. Os do bem e os do mal."

Luciano manteve o sarcasmo:

"Não sabia que havia os do mal."

"Luciano!"

Teresa perdia a calma. Luciano foi direto:

"Olha, Ramón, não sei o que tu faz aqui, qual é a tua participação nisso tudo."

Teresa vivamente interrompe.

"Luciano, melhor conversarmos a sós. Depois avisamos o Ramón da nossa decisão. Pode ser assim, Ramón?

Ramón se despediu entrando num taxi velho. E Teresa perdeu o controle. Parados à frente do restaurante, falava. Estava farta. Da insensatez de Luciano, do showzinho masculino que desprezava. Podia estragar tudo, podiam perder o contato, colocar a vida de Alice em perigo. E falava, e não podia mais parar de falar e Luciano permaneceu calado, olhando ao longe. Teresa lembrou-lhe o que faltava: a vida de antes. Um menino. Como um rapaz mimado, lamentava a vida que ficara para trás. Passeios com o cachorro. As aulas de línguas, os livros. Sentia falta de ser um corretor, perdera as referências que desenhavam sua silhueta no mundo.

"Então vou te dizer uma coisa, Luciano, tua silhueta é vazia. Não passa de uma linha, um contorno onde é difícil ver alguma coisa dentro."

Então disse que voltaria ao hotel, que precisava descansar um pouco.

"Depois aviso se quiser jantar."

Quartos separados, portanto. Foi tudo que Luciano conseguiu pensar enquanto o taxi levando Teresa se afastava.

Luciano comprou meias, cuecas, camisa e camiseta. Não encontrou calças que o agradassem, então comprou um jeans com rasgos e um All Star cano alto. Enquanto comprava, pensava em Alice, que mantinha um romance secreto com uma ourives em Montevidéu. Seria mesmo uma ourives? Talvez não passasse de uma hippie artesã de certa idade, aproveitando-se da generosidade e do afeto de Alice e esta se aproveitando de alguns outros favores. Mas por que evitar Ramón no café? Por outro lado, se fosse mesmo ourives, a possibilidade de trabalhar com os sujeitos – o cartel – era grande. Uma ourives precisa de matéria-prima, o cartel poderia fornecer os diamantes. Mercedes, então, os beneficiaria e os preços subiriam. Seria isso? Bem, era uma possibilidade. Explicaria por que não queria a presença de Ramón no café. Uma chilena misteriosa chamada Mercedes. Seria bonita? Muito bonita ou bonita apenas? Quem disse que eram um casal? Ramón. A observação com o olhar viciado de um padre. Com os preconceitos de um padre. Com a oposição velada de um padre. Claro que podiam ser um casal. Mas também podiam ser amigas dividindo apartamento, como muitos fazem. Podia ser uma coisa assim.

Percebeu que seu maior pesadelo finalmente aflorava ao nível da consciência. E se Alice fizesse parte do grupo? Chegou a se imobilizar no meio do shopping. Não! Impossível. Mas continuava com raciocínios febris. Admitindo que Alice fizesse parte do grupo, Teresa também? Ou pelo menos estaria a par de tudo? Caralho! Teresa a par de tudo? Não, o comportamento em Diamantina não tinha sido de comparsa, fora a autora da estratégia de tirar Dr. Clóvis de lá. Com um alívio meio incerto, concluiu que, sem dúvida, Teresa estava fora.

Mas e Alice? E essa Mercedes hippie, ourives, que mexia com diamantes, amiga ou amante?

Luciano estava parado no corredor do shopping, gesticulando e murmurando consigo mesmo, pessoas olhavam. Um segurança o observava com olhos fixos. Teresa não o queria por perto. Camas separadas. Sentiu que estava confuso só porque estava cansado. Saiu do shopping com certa pressa.

Deitado na cama enorme, pensou em pedir algo para comer. Mas adormeceu fácil, apesar das xícaras de café. O telefone tocou às 22h10. Ao contrário dele, Teresa não parecia sonolenta.

"Depois de uma certa idade descobrimos que deixar de pedir desculpas é tolice juvenil. Orgulho improdutivo. Desculpa o tom. Mas eu estava certa. Não, vamos fazer assim: ambos estávamos errados."

Não era mais relevante que tivesse razão. A paz importava bem mais. Luciano concordou com os termos. Teresa tinha pedido algo para comer, já estava lá. Ambos sem fome, Luciano sabia. Mesmo assim perguntou se queria companhia. Já sabia a resposta.

Foi outra inesquecível noite de despedida. A certa altura começaram a rir. Primeiro riam por tensão, por medo da fuga do Brasil, da busca por Alice, pelas explicações. Então riram porque as cortinas eram muito engraçadas. Porque o quarto tinha aquecimento central. Riram da expressão do sujeito na recepção. Riam de chorar. Não podiam fazer isso todo dia. Perderia a graça. Tinham que parar de se despedir todas as noites.

"Por outro lado, e daí se perder a graça? Uma dessas será mesmo a última."

Beijaram-se longamente. Ambos cansados, saciados, ofegantes de tanto rir.

DIA 10

No café do Sheraton só havia uma mulher desacompanhada. Também os viu, levantou-se. Uma bela mulher, próxima dos 50, cabelos cortados rente, ombros largos, pele muito branca.

"Mercedes?"

"Usted deve ser Teresa."

"Luciano? Imaginava mais velho. *Viejo*."

Falava português. E, claro, espanhol. Não portunhol. Espanhol mesmo. Se era um elogio, funcionou.

Sobre a mesa havia um café completo que Mercedes havia pedido para os três. Disse que comia pouco. As palavras seguintes não tinham qualquer relação com a conversa que precisavam ter. Mercedes foi a primeira a saltar esta parte.

"Alice está bem."

Dito assim, de supetão, surpreendeu Teresa e Luciano, colocando-os estáticos por alguns instantes. Os ruídos das conversas ao redor, das louças e copos sendo levados para a cozinha, tudo desapareceu. Havia apenas uma voz, um olhar e uma mulher e seu nome era Mercedes.

"Fez o que fez porque achou que era o melhor para todos."

Luciano engoliu, olhou ao redor e falou.

"Vamos por partes. O que ela tem a ver contigo?"

"O que quer saber?"

"Como pode saber que Alice está bem?"

"Somos uma pareja. Um casal, como vocês dizem."

"Alice é casada. O nome dele é Milton."

Luciano estava ficando irritado, Teresa percebeu. Levou a mão até a mão dele.

"Luciano."

Mercedes tinha uma boa resposta.

"Era você quando a conheci."

Luciano pensou um pouco. Aquela mulher queria briga? Merda. Então fazia muitos anos. Alice criando uma filha e com uma amante no Uruguai.

Teresa queria informações sem conflitos. Mercedes e Alice se conheceram em São Paulo. Depois compraram o apartamento em Montevidéu onde Mercedes ainda mora. Os encontros se tornaram mais difíceis, mas era onde Mercedes trabalhava, uma artista.

Mercedes não tinha autorização para dizer onde estava Alice. Luciano perdeu a paciência outra vez. Então o que faziam naquele café? Teresa sabia. Conhecendo Mercedes para saber os próximos passos. Então Mercedes olhou muito séria para Luciano.

"Querem conversar com você."

"Não estou com paciência para mais joguinhos."

"Calma, Luciano."

Deve ter sido o tom de voz dissonante das vozes convencionais do café. Ou o olhar como se a revelação de uma intimidade. Não foram os aromas, ou a manhã pálida e fresca, nada disso. Também foi o olhar de Luciano, que sentiu estar descoberto, todos os amores, os prazeres, o sentimento crescente dos dois, tudo revelado, traído pelo olhar. Mercedes teria percebido que fugiam há dias? No entanto também iam atrás.

"Não está desaparecida. É mais, como se diz no Brasil, um sumiço."

Teresa estava perto de seu limite, mas se controlava.

"Mercedes, você tem filhos?"

Nada no rosto da uruguaia mexeu. Teresa continuou.

"Vocês podem estar juntas há muito tempo, mas é minha filha.

"Ela está bem."

E mais não disse. Teresa talvez só acreditasse vendo, só quando tivesse Alice nos braços, mas parecia inútil pressionar, Mercedes era apenas a mensageira. Uma mensageira qualificada, que acrescentou que Luciano devia procurar o Sr. Mendez. Este homem o procurava há dias para conversar. Sem saber por que, Luciano repetiu o nome em voz baixa. Mercedes acrescentou.

"Alberto Mendez."

Teresa de imediato declarou que fazia questão de ser testemunha. Dito daquela forma parecia falta de confiança e Mercedes olhou sorrateira para Luciano. Teresa continuou, como se tivesse ouvido Luciano falar.

"Não é falta de confiança. Estou nisso até o pescoço, como dizem. O que eles querem já foi meu. Já foi de Alice. E agora?"

"Por isso querem a conversa com Luciano."

Então ela sabia, Luciano teve certeza. Nesse caso, até ali Mercedes escondia o jogo. O jeito calado da chilena jogava a seu favor. Calada como Alice. Olhava o movimento na rua, as vitrines ao longe. Luciano seguiu o olhar dela até a calçada onde uma senhora tinha caído e recebia ajuda de pessoas que passavam por ali. Todos pareciam querer ajudá-la. No entanto, observou Luciano, Mercedes olhava sem ver. Ganhava tempo para pensar.

"Alice está numa praia. E, antes que você fale, Teresa, não é em Punta."

Assim Mercedes obteve silêncio dos outros dois. Foram alguns instantes, durante os quais Luciano viu a senhora levantar e alguém estender a bolsa. Com Mercedes já estava irritado outra vez. Mas Teresa impediu que falasse. Antes de qualquer proposta ou exigência, queria saber de Alice. Evitando que Luciano fosse o primeiro a falar, pôde ser diplomática.

"Mercedes, nos últimos meses – ou anos, não sabemos, Alice tomou certas decisões. Não tenho por que duvidar das boas intenções de minha filha, portanto acho que as decisões tinham bons propósitos. Mas as iniciativas não estão claras. Luciano e eu temos dúvidas. Quanto à doação, ela foi pressionada e reagiu a essas pressões? Ou se adiantou a elas? Por que está desaparecida? Não poderia ter conversado com Luciano, combinado o que fazer? Teriam vindo juntos ao Uruguai e resolvido tudo."

Normalmente Alice faria isso pessoalmente, pensou Luciano. Viu que era isso que Teresa estava pensando. Mercedes devia pensar o mesmo. Mas a Luciano não interessavam mais esses detalhes. Importava este Senhor Mendez. Um encontro com ele, ainda que em local público, na certa representava perigo. Como se não bastasse, Mercedes acrescentou um complicador.

"Na vinícola dele."

Luciano achou graça.

"Nem pensar."

Era falta de respeito com a inteligência alheia. O homem que o perseguiu pelo Sul, pelo Brasil, pelo Uruguai se achava confiável a ponto de Luciano aceitar uma conversa na vinícola dele? É o que chamam 'a toca do lobo', algo assim. Exaltado, Luciano recusou a ideia com veemência. Teresa apaziguou.

"Calma, Luciano".

A mão de novo.

"Vou junto."

O olhar de Mercedes e Luciano para Teresa foi quase cômico.

"Tipo para me proteger?"

"Não ria. Sou mulher. Vão respeitar."

"Não funcionou com Alice."

Lá fora um policial fardado parecia feliz por ajudar um grupo de turistas com informações. Uma das mulheres até lembrava Alice. Enquanto Luciano olhava a cena sem muita atenção, Teresa insistia que queria, que devia acompanhá-lo até a vinícola do homem. Então Mercedes tirou os olhos dos turistas e mostrou que sabia um pouco mais.

"Laura também está escondida."

Como um murro no peito. Como uma bordoada na nuca. Luciano teve dificuldade de voltar a respirar. Viu as lágrimas surgirem nos olhos de Teresa. Um prosaico café de hotel em Montevidéu, media--lunas, geleias, o som das pessoas vivas ao redor, turistas perdidos e mesmo assim animados, senhoras caindo na calçadas, Havia tanta rotina, tanta dispersão num café de Montevidéu. Ele e Teresa estiveram tão preocupados com Alice e consigo próprios que Laura tinha ficado de fora de suas preocupações. Sentiu-se um pai relapso. Culpa.

Culpa e fúria. Consigo mesmo, com os canalhas, com todos. Com Laura, não. Não iriam brincar. Mataria um por um, mas com Laura, não! Inútil Teresa pedir calma, como poderia? Este cartel também queria sua filha? Em troca de quê?

Sempre controlada, Mercedes garante que não, não estão com ela. Laura está escondida, talvez com Alice, não sabe dizer.

"Não sabe ou é um talvez? Sim, porque ou não sabe ou sabe que talvez sim ou que talvez não. Foi um talvez de sim? Um talvez de não sei, não sirvo pra porra nenhuma?"

Agora a mão de Teresa pegou a de Mercedes. Para que relevasse a exaltação de Luciano, não quis ofender ninguém.

"Mas ofendeu."

"Sim, mas não quis. É a filha dele."

"Também tenho uma filha, Teresa. Posso imaginar a angústia do pai.

As pessoas mais próximas ouviram o curto lamento gutural quando Luciano levou as mãos ao rosto, e olharam para a mesa deles. Uma garçonete próxima perguntou se estava tudo bem. Teresa disse sim.

"Luciano, eu garanto que não estão com Laura. Juro pela virgem del Carmen".

Teresa pediu calma outra vez. Era quase um mantra. Mas provavelmente tinha razão, Mercedes podia estar falando a verdade. Luciano precisou de um bom esforço para se controlar, mas ainda assim a respiração não voltava ao normal. Mercedes olhava para ele com temor. Quis saber se estava armado, o que deixou Luciano ainda mais transtornado. Teresa procurou tranquilizá-la.

"Palhaçada. Claro que não estou armado. Não achei que precisasse vir armado. Tu tá armada?"

Mercedes também precisava controlar a respiração. Não muito convencida quanto à ausência de arma, falou. Frases simples, curtas. Aparentava sinceridade. Um dia Alice recebera uma ligação de Sr. Mendez, que logo mencionou a dívida de Érico. Alice não acreditou, disse que era mentira e ponto. Na segunda ligação o Sr. Mendez disse como foi que Érico enganou todo o grupo. Alice de novo desligou. Aí Sr. Mendez mandou alguém ao encontro de Mercedes com um celular. Para Alice. Ela veio de São Paulo, irritada por terem envolvido Mercedes, como sabiam que ela existia? No celular Alice descobriu uma mensagem no whats. Dizia o nome de Laura, telefone e o endereço. Aí uma foto dela, feita de longe, na universidade na Inglaterra. Alice então ligou para o número do celular e falou aos berros que não tinha nada, que a dívida não podia ser paga. Mas o homem respondeu que sabia o que ela tinha feito. O truque. Que tentara ser esperta. Agora estava tudo em nome do pai de Laura. E ele não iria querer o mal da filha. Mercedes respirou fundo. Era o que Alice contara.

Luciano pensava nos rumos erráticos da existência. Sem mais nem menos, a vida dera um giro. E Luciano não conseguia definir quando, em que ponto, tinha cruzado a fronteira do cidadão comum e passado a viver num universo paralelo em que medo era o sentimento dominante. Milhões de pessoas levavam uma vida pacata, ocupando seus dias com a busca do sustento e lazer. O que ele e Teresa estavam vivendo essas pessoas só conheciam no mundo da ficção, e para todos bastava que fosse assim. Ninguém quer de fato viver uma vida daquelas. Agora estava do outro lado da vida, num jogo de que não conhecia as regras, para o qual não estava preparado e sequer a língua que falavam era a sua. Cabeça pendente, ombros caídos, falou em voz baixa.

"Onde Laura está?"

"Só sei que está escondida. Não sei mais nada."

Teresa disse que tinha uma convicção: as duas estavam juntas. Aguardando a solução que só Luciano podia dar. Olhou demoradamente para Teresa, a ponto de deixá-la desconfortável. Estava derrotado.

"Vem comigo, se quiser. Tá convidada."

Teresa sorriu quase maternal. Depois mudou a expressão para afirmar que tudo daria certo. Luciano não gostava da frase. Não sabiam o montante da dívida nem da doação. Não iria misturar suas economias naquilo. Não entendia nem pretendia entender daquele mercado. Mas precisava conhecer os valores para estabelecer uma estratégia de negócio. Começando por ele, a mercadoria Luciano, quanto estaria valendo? Sabia que Alice e Laura valiam o total da dívida, o que não era fácil de admitir, um preço pela filha. Uma coisa estava clara: era um sequestro. Salvar Laura. Alice também, se de fato estivesse viva.

Enxugou o suor do rosto com o guardanapo.

"E a gente nem sabe por onde começar. Melhor. Tava com medo que fosse fácil."

Luciano não queria aparecer na vinícola antes de saber quanto tinham. Queria ganhar tempo. De novo perguntou sobre o paradeiro das duas, e de novo Mercedes afirmou, jurou que tudo que sabia era que estavam numa praia. Fazia sentido que Alice não tivesse falado nada. Tinha o hábito irritante de não falar de suas coisas. No entanto Mercedes foi a última pessoa com quem Alice esteve antes de desaparecer. Teresa queria saber que perguntas Mercedes fizera, o que Alice tinha respondido. Era evidente que Mercedes sabia mais do que falara, mas ficou em silêncio. Luciano pediu mais cafés. O silêncio parecia não acabar mais. Os sons do café os envolveram. Lá fora aumentava o movimento em geral. Luciano pensava na próxima etapa. Iriam conhecer a vinícola e o tal chefe. O parceiro de Érico. Que tudo indicava ser um homem violento quando necessário. Mas a conversa não terminara. Mercedes tinha uma surpresa reservada para o final.

"Elas estão juntas."

No mercado de ações do agronegócio, as oscilações eram menores do que na bolsa tradicional, mas não eram incomuns as notícias que desabavam de repente sobre a mesa, mudando toda a perspectiva, exigindo análise e prognóstico para os clientes. Era uma questão de tempo. Uma análise rápida, lúcida e um prognóstico ajustado significavam perder ou ganhar milhões. Seus colegas de mesa gostavam daquelas surpresas, era adrenalina pura. Luciano se divertia um pouco menos. E havia dias que simplesmente detestava ser apanhado de surpresa. Como naquele café em Montevidéu, conversando com Mercedes, suas novidades e suas juras.

Luciano e Teresa ficaram estáticos por um bom tempo. Mercedes explicou que, quando Sr. Mendez citou Laura, Alice imediatamente resolveu esconder a filha. Mas teria que deixá-la incomunicável, para evitar escutas. Então Laura voltou pra América e as duas estavam juntas. Numa praia, Alice teria dito.

"Definitivamente é tudo que sei, juro."

"Tu jura fácil."

Luciano desprezava juras. O fato de alguém precisar reforçar sua afirmação com uma jura deixava tudo mais sob suspeita. Que diferença de graduação havia entre 'sim' e 'juro que sim'? Não tinha a ver com verdade, mas com convencimento. Luciano preferia que mentissem descaradamente.

Deixando o cartão do Sr. Mendez sobre a mesa, Mercedes pegou bolsa e casaco, desejou que ninguém se machucasse, principalmente Alice, que queria viva. Foi embora com os olhos molhados. Teresa e Luciano beberam seus cafés devagar e em silêncio. Levou um bom tempo para que Luciano pegasse o cartão e lesse como se houvesse muito para ler. Luciano procurou no Google.

"É mais ao norte. Perto da Argentina."

Luciano não tinha mais muita certeza se Teresa devia ou não acompanhá-lo. Havia perigo. De virarem reféns para exigir a presença de Laura e Alice. Mas, raciocinou, isso podia acontecer mesmo que fosse só ele. E as duas, acompanhadas de Teresa, viriam. E Teresa insistia.

"A eles importa o dinheiro. É tu quem eles procuram. Vai chegar como solução. Mas não vai me deixar sozinha, com minha imaginação. Imagina meu medo, Luciano."

A umidade nos olhos Teresa enxugava com guardanapos de papel. Insistiu na certeza de que Sr. Mendez apenas queria encerrar tudo o mais rápido póssível. Luciano sabia que provavelmente ela tinha razão. Pegou a mão dela e beijou suavemente. Será que estavam perto do final? Da busca, do romance, de tudo? Teresa encostou a cabeça na dele. Esperançosos, mas com medo.

A vinícola de Alberto Mendez ficava em Paysandu, do outro lado do Uruguai, na fronteira com Argentina e não muito longe do Brasil. Chamava Bodega Los Sueños e produzia vinhos Tannat de alta qualidade. Teriam que tomar a autoestrada até Colônia de Sacramento e seguir ao norte ao longo da fronteira.

Voltaram ao hotel a pé, caminhavam abraçados por Montevidéu. E conversavam sobre aflição, sobre Alice e Laura. E sobre mais uma última noite. Era estranho pensar que logo isso não iria mais acontecer. Nada de dormir abraçados, nada do sexo, nada. Não em Bagé, não no Brasil. E por que não uma casa em Montevidéu, como Alice e Mercedes?

"Ir para outro país não é simples. Tenho uma vida em São Paulo. Tenho o Togo."

Riram um pouco. Colônia de Sacramento é a mais antiga cidade portuguesa das américas, considerada encantadora e romântica. Como queriam. Luciano voltou a insistir que iria sozinho. Que Teresa o aguardasse em Colônia, enquanto ele seguiria até a vinícola e resolveria tudo. Teresa largou o abraço e parou no meio da rua, furiosa, ressentida.

"Este assunto não está mais em discussão. Espero sinceramente não precisar argumentar outra vez. Podemos ter muitas outras 'últimas noites', ou não. Tá entendendo? Vim até aqui numa *pareja*. Não vou bancar a noivinha esperando no hotel."

Ele tentou um abraço, ela recuou.

"Vem, Teresa. Eu só acho que estou te metendo numa situação arriscada."

"Por que sou mulher? É menos arriscado para homens?"

Luciano sorriu, vencido.

"Ok, tá bem. Batman e Mulher Gato."

"Hum. A comparação me agrada."

Não havia mais tanta euforia com as despedidas. Além disso, estavam cansados, havia tensão em cada gesto, em cada beijo, em cada orgasmo. Adormeceram cedo para pegar a estrada logo de manhã, mas pouco dormiram.

DIA 11

Colônia de Sacramento merecia uma visita. Caminhavam de mãos dadas na parte mais antiga, prédios bem preservados, quatro séculos de história. No entanto a ideia de passeio de namorados não funcionava mais. Era inútil e parecia cruel com Alice e Laura, não importa onde estivessem. Voltaram ao hotel, arrumaram as malas, fizeram amor mais uma vez e tomaram a estrada direto a Paysandu, sem saber o que encontrariam por lá. Que tamanho de cidade? Que aspecto geral? Luciano pesquisa no Google enquanto Teresa dirige.

"Não é um lugarejo. Porte médio. Olha que interessante: seguindo uma avenida chamada das Américas, chega na ponte que cruza o rio Uruguai adivinha para onde? Pra Argentina."

"Isso é rota de fuga?"

"Ou rota comercial. Diamantes."

Claro, uma saída rápida via Argentina. Aí pro Chile. Ou subindo ao norte, pro Paraguai. Luciano franziu os lábios.

"Esses caras não estão brincando."

Teresa no controle do carro e da situação.

"Claro que não. Não me pareceu brincadeira até aqui. Agora vamos evitar o quarto a dois. Num eventual próximo hotel. Luciano, é entregar uma arma de chantagem na mão deles."

Luciano olhou a paisagem plana ao redor. Quis falar, mas Teresa se antecipou.

"É mais prudente e mais decente não dormir no mesmo quarto."

Luciano retesou o corpo. As veias do pescoço saltaram sem que tivesse elevado a voz.

"Mais decente? Ouvi bem? Agora somos indecentes? Ou quem sabe se trate de um novo tipo de incesto? Olha Teresa, mal dormi esta noite. Estou uma pilha de nervos e não quero falar sobre isso agora. Talvez não queira nunca."

Continuaram a viagem em silêncio constrangido. Teresa parou para abastecer, tomaram um café. Luciano estava arrependido. Era sua vez na direção e aproveitou a atenção na estrada para falar.

"Desculpa meu jeito. Parece que vou explodir. Não sou assim. Desculpa. Tu tem sido tão legal. Nós dois tem sido uma coisa legal, inesquecível. Não merece ser tratada como te tratei."

"Sei o que importa. E o que te importa. E os fatos entre nós também importam para mim. No que me diz respeito, tenho a impressão de que nunca fiz algo que tenha vindo tão do fundo de mim. Tão verdadeira. Tive mais vida nos últimos dias do que nos últimos vinte anos. A vida me presenteou com uma existência extra. *'Gracias a la vida, que me ha dado tanto.'* Isso é Violeta Parra. E explica. Para mim, o entre nós é lucro."

Luciano não soube o que dizer, mas Teresa precisava acrescentar.

"No entanto Alice e Laura estão acima do que há entre nós."

"Sou um homem de rotinas, Teresa, um homem normal, quase comum. Levava uma vida sem grandes altos e baixos. Vendo agora, uma rotina modorrenta. E a vida então deu uma cambalhota, deixou tudo de pernas pro ar. E no meio disso tudo surge tu, um fascínio antigo, um amor possível. Falei amor? Não, falei amor possível. A esta altura da vida acho que sei controlar."

"Acha que sabe? Então não aconteceu."

Luciano tirou os olhos da estrada. Ela retribuiu o olhar. Que poderia haver naquela paisagem? Estavam rodeados daqueles horizontes francos e sinceros. Não era o caso de falar de amor. O suporte mútuo dos últimos dias, a parceria naquela loucura, isso confundia os sentimentos. Teresa talvez se sentisse segura com ele e talvez aquilo pudesse parecer amor. Talvez. E a volta à estância? Dormiriam juntos? Alguém diria, tudo bem, não é mais seu genro. Não, não falariam. Porque não aconteceria. Não poderiam. No máximo uma cavalgada, nada de beijos ou apertos de mão mais demorados. E se ela, depois de tudo passado e resolvido, fosse com ele? Que faria Teresa em São Paulo? Entraria na sua vida, ocupando um espaço que, a princípio, não existia ou não estava vago. Ainda olhava em silêncio para ela quando uma curva um pouco mais fechada foi sua salvação. E Teresa?

"Eu previ este silêncio. Ao longo da noite percebi que não será difícil me acostumar. Não necessito de reciprocidade para me sentir repleta deste sentimento que me faz tanto bem. É clandestino, talvez por isso tão dominador. Me sinto abduzida.

Se partissem cada um para seu lado, Luciano não sabia como ele próprio agiria à distância. Voltando ao Brasil, não haveria chance de se encontrarem a sós.

"Será meu tesouro imaginário, Luciano. Vou cuidar sem medo, dar atenção sem reservas, como quem protege um filho. Talvez eu até sonhe, às vezes, com o homem que foi meu.

Teresa sorriu para ele. Luciano, não.

Chegaram em Paysandu no meio da tarde com a impressão de que todos nas ruas e nos carros os observavam. Era território de Alberto Mendez. Seu quartel general? Provavelmente. Mas a grande variedade de placas de outros lugares e mesmo de Brasil e Argentina revelava uma cidade com turismo. Podiam passar por um casal de brasileiros a passeio, mas a sensação de medo permanecia. Hotel Papyrus era a indicação da internet. Pediram quartos em andares diferentes, dizendo, sem que tivessem sido perguntados, que Luciano gostava de andares altos e Teresa tinha medo de altura. Havia uns tipos na sala contígua à recepção. Luciano tentou não ficar olhando. No elevador não falaram, mas ela sinalizou que iria até o quarto dele.

"Acho que já sabem que estamos aqui."

"Os sujeitos na recepção?"

"Talvez o próprio recepcionista. Impossível saber o tamanho da teia."

Luciano estava de pé junto à janela, de onde se via boa parte da cidade. Nada especial. Longe do litoral, as cidades uruguaias não eram bonitas. Teresa parou ao lado dele, de frente para Paysandu.

"E agora?"

"Não sei. Só temos o endereço da vinícola. Sem telefone, nada."

Consultaram o mapa no celular: 42 km. E a estrada cheia de curvas com traçado em vermelho não animava.

"Nem pensar deixar pra amanhã. Vamos hoje, Teresa. Agora."

Luciano desceu e esperou na recepção. Os sujeitos não estavam mais lá, os rapazes da recepção eram outros.

A estrada era mesmo muito ruim. Os moradores locais, conhecendo o trajeto e cada buraco, aproximavam-se velozes e ultrapassavam sem reduzir. Luciano dirigia com os olhos no retrovisor. Cada carro que se aproximava podia estar cheio de contrabandistas. Os uruguaios do cartel. Teresa praticamente viajava virada para trás. Já tinham andado uns 15 quilômetros quando o celular de Teresa avisou mensagem de voz. Os dois se olharam.

"Calma. Vê o que é."

"Boa tarde, Dona Teresa. Vocês verão uma bandeira Uruguaia, erguida bem alto ao lado direito da estrada. Está junto a uma estrada menor. Saiam da ruta principal e sigam por ela. É a entrada de Los Sueños."

Era intrigante que soubessem que Teresa viera também. E tinham o número dela. Como? Com Alice? Com Dr. Clóvis. Muito bem, podia ser através dele. Ou com o padre. O padre podia ser parte do esquema. Ou quem sabe garçons, atendentes, recepcionistas. Tudo podia ser. Mas eles tinham um trunfo: o dinheiro.

Meses depois não lembrarão da região. Não saberão se havia campinas ou montes, nada disso. Dos córregos não lembrarão. Das revoadas de pássaros, dos homens a pé e a cavalo na beira da estrada, tudo irrevogavelmente perdido dentro deles mesmos. Nada disso serão capazes de recordar, porque só uma lembrança vai se impor e ofuscará até que desapareçam todas as outras. A lembrança da bandeira na entrada da estradinha, hasteada num bambu comprido.

A estradinha ziguezagueava por uns dez quilômetros, passando por parreirais plantados em palanques, campos com uns poucos cavalos, bosques de eucalipto, e finalmente chegava a um gramado enorme e bem cuidado, bem maior que os gramados das estâncias de Bagé.

Pararam o carro diante de uma construção muito ampla, com varandas em arcos contornando a casa enorme. Na extremidade, um torreão se destacava contra o céu marmorizado. Tudo tinha um ar ibérico e medieval, mas via-se claramente que nada ali tinha mais de sessenta anos. A casa imensa era a sede da vinícola. Teresa identificou a estética.

"Não sei. Nunca estive na Espanha."

"Bobo. Claro que sabe do que falo."

Saindo das varandas, um homem se aproximava.

"Acho que é Sr. Mentes em pessoa."

Ela não gostou do deboche. Queria resolver tudo e sair dali o mais rápido possível.

Dois homens surgiram das varandas. Impossível ver os rostos à distância, mas o porte, sim. Um alto, quase esbelto, calças de linho, elegante no andar. O outro, vestindo bombachas estreitas e camisa preta, ficou nos degraus da varanda.

"Guarda-costas ficou."

Teresa controlou a impaciência. Colocou a mão sobre a dele, no mantra conhecido.

"Chega, Luciano."

"Teresa, eles precisam mais de nós do que nós deles."

Não estava muito certo disso, mas soava bem. Luciano apontou um alojamento mais adiante.

"Parece que hospedam pessoas aqui. Os comparsas. Os capangas."

"Lembra que ele foi tapeado, Luciano. Érico ficou devendo ao homem. No fundo tem razão de estar contrariado."

"Tu mudou de lado, Teresa?"

"Só quero lucidez para a situação."

"Então é assim: se Érico pode tapear esse cara, quem não pode? Mas não é o que queremos. Érico ficou devendo uns milhões e nós vamos pagar o que é por direito do chefão."

"Por favor, chama de Sr. Mendez."

"Como quiser, madame."

Certamente era o Sr. Mendez aproximando-se do carro. De perto era ainda mais esbelto e elegante, não o homem baixo, gordo, com muito gel no cabelo e bigodes enormes que Luciano esperava. Pelo contrário, tinha o andar leve de bailarino. Só a grossa corrente de ouro no pulso combinava com a expectativa, com a imaginação de Luciano. O homem sorriu sedutor, que estacionasse onde quisesse.

"Uma bela dama valoriza qualquer coisa que envolva vinhos! Um prazer recebê-la, Dona Teresa."

Enquanto Sr. Mendez ajudava Teresa a descer, Luciano, já fora do carro, olhava ao redor.

"Fazemos um bom vinho aqui, Sr. Luciano. Temos muito trabalho, muito mesmo, mas nos dá prazer."

"Que bom. O senhor deve ser Sr. Mendez."

"Mendez – e não Mentes, o que já ouvi no seu país. Dizem com maldade, porém sempre que ouço rio muito. Prefiro Mendez."

Luciano assente.

"Mendez será."

"Venham, vamos dar a volta. Para onde fica a vinícola propriamente dita. Onde a magia acontece. Onde da pedra se faz vida: o vinho. O senhor concordaria com quem diz que nossa terra, nosso querido mundo, é feito de pedra? Afirmam que pedras são a alma do planeta. Nesse caso, senhor Luciano, o vinho é o único alimento do homem que vem da alma do planeta. Porque, para os parreirais, são as pedras que importam."

Contornaram a casa principal e foram na direção do prédio com paredes altas que se via de longe. O Sr. Mendez falava de vinhos, com delicadeza e volúpia e falava sem parar. Mostrou todo o processo, as barricas, os tonéis, as garrafas, a rotulagem, tudo. Educados, Luciano e Teresa demonstravam mais interesse do que sentiam. Trataram de parecer entusiasmados quando o tom exagerado do Sr. Mendez assim sugeria.

"A história de uma vida, Sr. Luciano. Vim para cá porque me apaixonei por uma funcionária dez anos mais velha do que eu. Imagina! Tinha 17, ela 27. Viúva. Pedi emprego pra ficar perto dela. Um rapaz apaixonado!"

Riu alto, sem se importar com a reação dos dois. Suas memórias pareciam seu deleite.

"Amei aquela mulher, senhor Luciano! Ela acabou cedendo, gostou de mim também, casamos e vivemos juntos por doze anos. Sim, senhor Luciano, a paixão pode mudar os rumos dos acontecimentos. É a resposta para tudo. Doze anos. Até ela desaparecer. Mas isso é outra história."

Luciano começava a se perguntar para onde ia aquela conversa.

"Mais tarde comprei a bodega – assim chamamos as vinícolas por aqui, bodegas – e, por fim, comprei tudo. Trabalho, muito trabalho. Minha esposa desaparecida? Isabela. Nunca mais soube dela. Mas vocês devem estar cansados, mandei preparar acomodações para relaxarem um pouco antes do jantar. Não, nada disso. Não aceito recusas. Faço questão."

O que Luciano vira eram, de fato, quartos para hóspedes. De extremo bom gosto e conforto. Ficaram em quartos contíguos, mas não arriscaram qualquer conversa que não por WhatsApp. Luciano digitou:

'por que tá nos enrolando?'

'porque é um homem assim. Lembra como era o Érico?'

'não. existe outra razão por trás'

'às vezes atrás não tem nada'

'mas tem'

'quer ser hospitaleiro. vamos descansar'

'ele sabe que a conversa vai ser difícil'

'só preciso de um tempinho. fechar os olhos'

'vai'

Os dois funcionários que serviram o jantar deslumbrante sabiam o que faziam. Talvez até fossem viticultores ou cuidadores de parreirais, mas quando serviam a mesa o faziam com competência. Diante do espanto de Luciano, Sr. Mendez declarou que gostava de ver hóspedes e amigos servidos como reis. O descanso não tinha melhorado o humor de Luciano.

"Somos hóspedes passageiros, Sr. Mendez."

"Sim. Mas podemos ser amigos também."

"Este esforço não é necessário. Em outra oportunidade, talvez. Hoje seria irrelevante. Viemos por outra razão."

"Claro, Sr. Luciano. Mas vamos desfrutar desse jantar primeiro. Temos as carnes típicas de um país que tem sua economia baseada na pecuária extensiva. Mas aqui, em Paysandu, existe outra tradição: o dourado do rio Uruguai. Uma delícia preparada assada com molho de pomelo e trufas. Normalmente acompanhamos com aipim, mas pedi um purê de abobrinha paulista. E salada de folhas verdes, parmesão e lascas de salmão defumado."

"Acho tudo delicioso."

"A senhora é muito gentil como sempre. Me alegra que tenha gostado."

Silêncio. Luciano ficou paralisado. Como sempre? Como assim?

"Vocês já se conheciam?"

Surpresa maior é quando se é obrigado a reconhecer o que não quer. Por inadmissível, por rejeitado. Surpreendente que o impossível assim ocorra. O improvável transcenda em fato. Luciano raciocinava frenético. Teresa e Sr. Mendez já se conheciam. Precisou repetir esta frase para si mesmo a cada novo pensamento. Já se conheciam. Luciano compreendia que na consciência de Teresa não havia dúvidas ou lacunas – ela sabia que no final de um longo novelo tudo conduzia a Sr. Mendez – seu conhecido. O tempo todo sabia quem era o chefão, conhecia o sujeito. De repente tudo se fixou como num quadro, agora com sua moldura definitiva. As tonalidades de cada rosto não teriam mais variações, cada olhar passava a estar fixo e seria facilmente classificado depois. Não haveria mais neblina. As pessoas seriam o que eram, as coisas todas tão fixas que quase imateriais.

Teresa e Sr. Mendez já se conheciam.

Estava pasmo. Não, estupefato. Na verdade, não havia palavra forte o bastante para expressar o que estava sentindo. Repetiu o que disse, mas não era mais uma pergunta. Repetiu duas vezes. Teresa, alarmada, só baixou a cabeça. Sr. Mendez admirava tudo com um leve sorriso no rosto. Parecia degustar a expressão atônita de Luciano.

"Em Minas, em Bagé, em Montevidéu, vocês sempre estiveram juntos. Todo o tempo tu tava com ele. Sabendo tudo de antemão. Me fazendo de palhaço. Deixando que eu andasse apavorado por aí. Tu faz parte disso!"

Teresa permaneceu de cabeça baixa, mas sua resposta foi seca: "Não."

"Alice também? E minha filha Laura? Todos sabiam de tudo o tempo todo?"

Luciano bate com a mão na mesa.

"Até Laura, será possível?"

A nitidez com que Luciano via as coisas em seu quadro imaginário era cruel. Segurou as lágrimas. Como era burro, pensou. Como não tinha pensado nessa possibilidade? O quadro fixava seus personagens cada vez com mais nitidez. Claro, Teresa conhecia todo mundo, o mineiro, o padre, a namorada artista, tinha o contato de todo mundo! De dentro do quadro, Teresa falou com voz fraca.

"Não somos amigos. Érico era. Trabalhavam juntos."

"Mas ele sabia que eu estava vindo, não sabia? Não sabia?"

Teresa não estava à vontade no interrogatório. Muito tesa, olhos fixos nas mãos fixas no pedestal da taça de vinho. Luciano insiste.

"Ele não sabia, Teresa?

"Em parte. Não muito."

"Não muito? Quanto?"

Sem dar indícios de querer se manifestar, Sr. Mendez degustava a discussão. Mas Teresa se referiu a ele.

"Não apareceu em nenhum dos lugares por onde passamos, apareceu?"

"Devia aparecer?"

"Eu temia que sim. Mas não aconteceu. Porque não estava sendo informado. Não por mim. É verdade, Luciano. Juro que é."

"Outra que fica jurando. Vocês só juram quando mentem."

Luciano vê os olhos molhados de Teresa, vê Sr. Mendez, num gesto antiquado, estender um lenço a ela. Em seguida viu-o servir espumante a todos. Luciano não via motivos para acreditar nela. Como Teresa o teria enganado? Hipóteses indefinidas, mas em número cada vez mais preciso, tomavam corpo. Como que por trás de uma neblina compacta, ouviu a voz de Sr. Mendez.

"Um espumante não serve apenas para celebrar. É também sugestivo para reconciliações."

"Olha, não estou mais disposto a essas civilidades, certo? Vamos resolver o que temos que resolver e vou embora."

"Tenha muita calma, Sr. Luciano, as coisas são mais simples do que parecem. Dona Teresa e eu de fato nos conhecemos e é verdade que isso aconteceu por conta do meu amigo e parceiro Érico. Mas nos vimos muito pouco, meus contatos foram sempre com o saudoso Érico. Estes contatos diminuíram quando ficou doente e rareavam à medida que seu estado de saúde piorava. Depois que Érico partiu, ficamos muito tempo sem nos ver. Eu liguei regularmente. Poucas vezes me atendeu, mas não me importei com este detalhe."

Luciano não conseguia disfarçar o espanto, sacudia a cabeça de um lado para o outro sem parar. Não apenas se conheciam como tiveram contato. Sr. Mendez lamentou que não o chamasse de Alberto, como pediu.

"Fica esse Sr. Mendez pra lá, Sr. Mendez pra cá."

Só piorava. Que conversa era aquela? Intimidades no tratamento? O uruguaio estava se divertindo com ele. Luciano percebeu que sua indignação deixava Sr. Mendez animado. Teresa devia chamá-lo Alberto?

"Achava aquela estância muito triste para uma mulher sozinha. Por outro lado, também eu estava sozinho aqui. Então tomei coragem. O senhor, como homem, pode imaginar o quanto foi custoso. Apreensão, nervosismo, insegurança. Com coragem convidei Dona Teresa para vir morar aqui. Mais de uma vez, não foi?"

Teresa não erguia os olhos. Luciano viu seus dedos apertando o cálice e desejou que este se partisse. Ao fundo, muito ao fundo, na neblina, Sr. Mendez continuava sua narrativa.

"Ela disse não. Mas fui insistente. Devo dizer que às vezes pareciam negativas sem convicção. Estas me enchiam de esperança, mas em seguida ouvia outro tipo de não, em tom decidido. De modo que até hoje não sei se tenho um não ou um talvez não."

Olhou por alguns momentos para seu próprio espumante, bebeu de um gole e acrescentou.

"Definitivamente, até agora não houve um sim."

Teresa sussurrou alto.

"A resposta é não. Todas foram nãos."

Por um lado, Luciano repetia a si mesmo que não devia ser hostil, não enquanto Laura estivesse incomunicável sabe-se lá onde por medo de um homem perigoso. Por outro lado, Sr. Mendez recomendava que não afirmasse coisas das quais pudesse se arrepender. Por um lado,

Luciano criticava seu anfitrião por inescrupuloso. E, por inconfiável, Teresa, de quem tudo se podia esperar, menos a lealdade. Já por outro lado Sr. Mendez insistia que só desejava um jantar calmo, educado e cortês entre amigos. Luciano murmurava consigo mesmo sem parar, repetindo as frases que dizia ou ouvia, só erguendo – muito – a voz, para falar com os dois.

"Eu não sou seu amigo! Nem jamais vou ser. Tá louco? Quem pensa que é? Eu podia ter morrido várias vezes nestes últimos dias, porra!"

"Jamais. Não somos assassinos, Senhor Luciano."

"São o que então? São o quê?"

"Comerciantes."

Tudo que Luciano queria era sair dali, voltar pro hotel. Que aproveitassem o reencontro, Teresa e Sr. Mendez. Amanhã, no café do hotel, estaria à sua espera.

"O senhor sabe qual é o hotel, não é mesmo? E venha sozinho, Sr. Mendez. Para falar exclusivamente sobre negócios."

"O senhor está cometendo um erro de avaliação, Senhor Luciano. Não pode ir à cidade, se precisa mesmo se retirar, fique à vontade para se recolher aos seus aposentos. Está hospedado aqui."

"Quem não está entendendo é o senhor. Estou entre o chefe do bando e a traição. Não tenho intenção de ficar."

"Mas não pode sair. A estrada está fechada. Eles estacionam caminhões lá na entrada. Um aborrecimento."

Caminhões obstruindo a saída. Claro que era obra dele.

"Então o senhor sabia que eu tentaria ir embora quando soubesse da sujeira toda."

"Os caminhões são um contratempo para nós também. Já tentei falar com a intendência sobre isso, mas quem somos nós, não é? Nunca nos ouvem. Não atendem nossos pedidos."

Luciano falava alto com Teresa.

"Tá ouvindo o cinismo? As ameaças veladas? E tu sabia, sabia, sabia o tempo todo! Aceitava os convites dele. Sabia que deixou Alice apavorada, que minha filha também fugiu, sabia que este era o sujeito. Como uma cúmplice!"

Teresa não tinha perdido o controle. Falava sem olhar para Luciano, mas com voz firme, altiva.

"Eu não tinha saída."

Luciano continuava parado no meio da sala, sob olhar atento dos garçons.

"Quanto tu sabia?"

"Supunha. Alguma coisa."

"Mesmo onde..."

"Não. Não sei onde as duas estão. Mas devem estar bem."

"Teu chefe sabe, Teresa. Sabe tudo. É o chefão. Manda perseguir pessoas. Dar surras. Manda matar quem quiser."

Luciano percebeu que Teresa e Sr. Mendez não se olharam uma única vez.

"Senhor Luciano, por favor. Isso nada tem a ver com banditismo ou assassinatos. Dona Teresa pode confirmar que sou apenas um comerciante."

"Confirmar por quê? Já transou com ela também?"

"Luciano, agora chega."

"Não, Teresa, não chega. Me viu desesperado fugindo deste cartel. E se são só comerciantes ilegais, então é um cartel vagabundo, um cartel suburbano metido a perigoso. Quero saber onde estão Alice e Laura. Tu sabe, Teresa. Tu não presta."

Teresa não conseguiu falar. Sr. Mendez, sim.

"Ela não sabe de nada, senhor Luciano. Nem eu, aliás. Mas estou certo de que Alice deve estar viva."

Luciano pensou: não estivesse, já saberíamos.

"O que sabe é que não há notícias, não tem certeza de que Alice está viva."

"Para ser exato, sim. É isso. Mas o senhor está fazendo um pouco de melodrama com este assunto."

"Melodrama? É? Espera pra ver o que vou fazer quando o assunto for Laura."

"O senhor não quer falar de Laura. Quer manter o assunto em Alice, desviar as atenções de Laura."

Luciano travou a respiração. O homem era perspicaz. Sim, não queria que ninguém falasse sobre Laura, porque neste assunto não tinha controle sobre si mesmo. Precisava respirar, precisava sair dali. Sr. Mendez percebeu:

"Eles estacionam os caminhões e os motoristas desaparecem. Devem ir para casa. O senhor não consegue passar."

Não era difícil imaginar a entrada estreita, sob a bandeira do Uruguai num bambu, tomada de carretas, todas absurdamente empacadas, um desafio de lógica removê-las de lá.

"Então vou praquele quarto. Espero que não haja cobras lá."

Impossível saber se Sr. Mendez sorria ao acrescentar, sarcástico.

"Queremos o senhor vivo."

"Claro. É o depois que me preocupa. Quanto tempo depois de acertarmos tudo chegam as cascavéis?"

"Chega, Luciano, pelo amor de Deus, chega!"

"Falando em Deus. Quem diria."

Os garçons tinham discretamente se posicionado aos lados da porta. Luciano não sabia quanto tempo estavam ali. Só os viu quando se dirigia à porta para sair. Sr. Mendez sinalizou aos garçons que o deixassem passar. Teresa quis ir atrás dele, mas Sr. Mendez a impediu pessoalmente, segurando-a pelo braço.

As paredes do quarto de hóspedes eram largas, feitas de pedras cruas, erguidas como se para um castelo. Cortinas brancas muito suaves pendiam diante das janelas, havia uma chais longue junto a cada janela do quarto enorme. Também uma cama, um pequeno sofá, uma mesa com cadeira, um lavatório rústico e discreto. Abajures de madrepérola delicadamente entalhadas, lapidadas, esculpidas faziam companhia a três esculturas dispostas sobre um aparador onde também havia uma travessa de frutas. Tudo evidentemente caro e de bom gosto. Mas Luciano observava a decoração sem atinar com nada. Procurava câmeras e microfones, uma bobagem, pensou, estariam escondidos e não tinha ânimo para procurar. Sentia-se péssimo, pensando em enfartos e AVCs. Encostado na cabeceira da cama, fez exercícios respiratórios. Estava preso dentro da casa do sujeito. Ouviu os passos de Teresa se aproximando e passando por sua porta sem parar. Esperta. E o Sr. Mendez? Nada de proposta.

Um bom tempo passou até Luciano recuperar a calma. Saiu do quarto tomando todo o cuidado para que Teresa não o ouvisse. Estava decidido a acabar com aquilo naquela noite, sem Teresa, de homem para homem. Uma fina película de nuvens espalhava a claridade do luar como um manto sobre os parreirais. O vento era delicado e dava movimento à paisagem prateada. Um segurança fazia a ronda armado com um rifle. Assustou Luciano, mas depois garantiu que era para pegar leão. Em bom português explicou que era o nome do puma na região.

"Num parreiral?"

"Tem em toda parte. Eu cuido aqui até as seis."

Luciano supôs que aquele poderia ter sido um dos sujeitos que o procuraram em Bagé. Um dos enganados por um poço. Deu boa noite e foi até a casa. Sr. Mendez estava na varanda, na penumbra, sentado ao lado de uma taça de vinho. Luciano prometera a si mesmo que controlaria as ganas.

"Pensei que o senhor podia estar dormindo."

"Havia a possibilidade de voltar para falar comigo. Resolvi esperar um pouco."

"Vamos acertar tudo logo. E amanhã parto bem cedo. O que fazer com Teresa passa a ser tarefa sua."

"Vamos primeiro nos concentrar nesta conversa aqui. Por favor, sente-se. Permita-me falar um pouco sobre Érico. O marido de Teresa não foi apenas um parceiro de negócios. Foi um amigo querido, trabalhamos e nos divertimos muito juntos. Com os anos a amizade cresceu. E os negócios também, Érico era muito competente para colocar nossas pedras nos mercados europeus. Tinha talento raro para a coisa – e olha que sei do que estou falando. Mas isso tudo o senhor já sabe. Aceita uma taça de vinho?"

Serviu a taça que já esperava na mesinha. Beberam em silêncio.

"Como o senhor já sabe, um dia houve um problema com uma interrupção da atividade de alguns destes mercados. Mais especificamente, a polícia encontrou alguns indícios e chegou até nossos parceiros de Amsterdam. Foi quando Érico teve a ideia maluca de desviar as pedras para si mesmo e declarar que já estavam com o comprador no momento da prisão. Foi o que nos informou. Pode imaginar quantos contratempos isso gerou. Bem, contornamos os empecilhos abrindo novas rotas e, junto com as nossas, Érico colocava as pedras roubadas aos poucos. Calculo que tenha conseguido de 30 a 35 milhões de dólares com isso."

Um dos garçons chegou com outra garrafa aberta. Luciano não tinha percebido qualquer ordem neste sentido. Sr. Mendez serviu novas taças, aspirou a bebida com prazer e repetiu o que dissera mais cedo:

"Ah, o alimento que vem da alma da terra."

Sorveu lentamente seu vinho e, como se dando conta de que se repetia, continuou.

"Valor bem acima do que lhe disseram, não é mesmo, Senhor Luciano? Acho que Érico já sabia que estava doente e queria aumentar o patrimônio que deixaria para Dona Teresa e Alice. Mas não foi correto o que fez, não é mesmo? Mas eu não podia imaginar. Com a doença, a amizade se fortaleceu. Passei algumas noites hospedado na estância Geronimo, o casal também passou uns dias aqui, na época da colheita. Então comecei a suspeitar. Eu suspeitava do meu amigo, não sei se já passou por isso, Senhor Luciano, mas nos deixa perturbados e tristes. Suspeitar não me agradou."

Luciano ficou impaciente. Achou tudo conversa fiada. Antes dos valores, queria saber de Alice e Laura. E Sr. Mendez afirmou que talvez estivessem juntas, o que provocou um arrepio em Luciano. Como era possível que ele soubesse?

"Calma, eu disse 'talvez'. O senhor não imagina como é fácil sumir no mundo. Esconder-se para nunca mais ser encontrado. É muito fácil."

Não, ele não imaginava.

"Quero saber onde estão!"

"Calma, não grite, por favor. Teresa deve estar tentando dormir."

O homem era um cínico, um manipulador em plena atividade. Luciano estava sendo tratado como um imbecil e saber disso o enfurecia.

"Conforme-se: não sei onde estão. Sei que alguém deve saber, porque quando acertarmos tudo, na certa serão avisadas para voltar. Avisadas por quem? Não faço ideia. Devo ressaltar que é um exagero o que estão fazendo, escondendo-se assim, agindo como se corressem algum perigo. De novo: não somos assassinos, Luciano."

"Não. Mas têm amigos que são. Conhece gente. Esta foi a chantagem que fez com Alice? Teresa?"

"Não chamo de chantagem. Chamei a atenção para esta realidade. Conheço muita gente boa. Mas também conheço homens ruins. Maus. Dizer isso não é chantagem."

Luciano riu sem graça.

"Não. É informação útil."

"Penso que seja mesmo."

"O senhor quer resolver o pagamento desta dívida o mais rápido possível. Eu mais ainda. Mas não vou fazer isso sem garantia de que elas estejam bem."

"Que garantias?"

"Quer o dinheiro? Então faça o que estou dizendo. Dê um jeito."

"O senhor mesmo pode fazer isso. Sua ex-mulher tem uma esposa. Faça contato com Mercedes."

Claro, Mercedes era a mensageira. Talvez de todos. A artesã, artista. Talvez trabalhasse para Sr. Mendez lapidando pedras. Muitos talvezes, a cabeça de Luciano fervia. Mercedes tinha sido o contato. Com Teresa.

Aquela conversa tinha terminado, Luciano apresentara suas cartas, Sr. Mendez mostrara parte do jogo. Quando saiu, tornou a encontrar o segurança armado. Desta vez passou sem cumprimentar.

Deu umas batidinhas na porta. Teresa apareceu na penumbra, olhos vermelhos. Luciano foi seco:

"No carro. O mais rápido possível."

Teresa se vestiu enquanto Luciano aguardava, ansioso, na varanda. Tentaria ser o mais calmo possível ao narrar o encontro e os acertos para Teresa. Àquela hora, naquelas circunstâncias, não seria fácil para nenhum dos dois.

"É seguro?"

"Fechamos tudo, ligamos o ar e conversamos."

Saíram pelo gramado até o carro.

DIA 12

Antes do sol nascer Luciano já caminhava pela propriedade. Primeiro até a vindima, onde mediu cem passos e depois contou o número de videiras, para em seguida fazer medições a olho das fileiras de parreiras da vindima e, multiplicando, saber o número aproximado de plantas produzindo naquela coxilha suave. O dia amanhecera escuro, nuvens grossas a sudoeste, por trás do grande açude cercado de eucaliptos que Luciano circulou, sempre fazendo contas, devagar. Não se importava com a umidade do capim nem com a algazarra das caturritas. Calcular o acalmava. Reencontrava um mundo das sínteses perfeitas das fórmulas de cálculo, a realidade complexa e confusa transformada em clareza eficaz. Aquilo era matemática: síntese, clareza e elegância. Quando cruzava o gramado de volta à casa, viu Sr. Mendez e Teresa na varanda.

Sr. Mendez tinha a expressão de um homem com as energias renovadas. As amabilidades foram substituídas pela condução objetiva dos negócios, terreno familiar para Luciano. Praticamente esperara por aquele momento.

"Imaginei o que vocês foram fazer no carro e antecipei minhas decisões. No entanto não era necessário esconder-se. Nos quartos a privacidade é absoluta."

Luciano também estava com energia e força. Não estava disposto àquela conversa mole.

"Sim. Deve ser."

"Antes de mais nada, bom dia, senhor Luciano. Dispenso suas ofensas. Vamos tomar um bom café em paz e resolver nossos negócios o mais cedo possível. Mas são seis e trinta. Se tomarmos um café de uma hora, o que é bem adequado, começaremos nossos negócios às sete e meia. Antes das nove estará tudo resolvido e então poderemos ser amigos."

"O senhor não precisa de mais amigos. Ser amigo de Teresa é o bastante."

Teresa sequer olhou para Luciano.

Um café opulento, variado, completo. Luciano tinha fome. A raiva mudara seu estado de espírito. Estava resolvido a tomar as iniciativas, domar os outros dois. A conversa no carro tinha sido ríspida e não levara a lugar algum. Mas, pensando no quarto, Luciano resolveu que as coisas seriam de seu jeito. Via Teresa como aliada de Sr. Mendez e preferia assim, a raiva o deixava alerta e hostil, e gostava disso. Fechariam negócio, sem felicitações. Não deixaria de ser hostil. Olhou para o relógio de carrilhão na sala. Quase oito. Quis começar, mas encontrou os olhos do Sr. Mendez analisando os seus. Luciano tinha o rosto duro, o olhar possesso, e percebeu que era observado com atenção redobrada. Mas não queria deixar a valentia passar.

"Antecipo algumas considerações, Sr. Mendez. Como pode imaginar, Alice deve ter muito medo das pessoas com quem o pai se envolveu. Na verdade, Érico também. Tinha tanto medo que transferiu todas as propriedades e investimentos que tinham, ele e Teresa, para Alice. Era por medo do senhor e seus amigos, e um pouco por causa da doença também. Tinha medo da morte e dos vivos. Mas o senhor, Sr. Mendez, aproveitou a morte de Érico para começar um cerco à Teresa. A sugestão de que podia substituir o falecido Teresa nunca aceitou. Então começou a assediar Alice, primeiro desse jeito pseudo educado e meloso que usou conosco desde ontem e depois, como isso não funcionasse, passou para as ameaças e chantagens. Tá acompanhando?"

"Continue."

"Não tenho certeza, mas acho que foi depois de nossa separação. Alice achou que sua intenção, Sr. Mendez, era tomar todo o patrimônio da família a título de pagamento de dívidas. Entendo minha ex-mulher, que tenha ficado apavorada. Então, através de um instrumento unilateral, doou todo o patrimônio e sabe lá mais o que, para mim, o ex-marido. Que, acrescento, não sabia de nada. Seus cachorros perdigueiros foram fuçar nos cartórios e descobriram esse instrumento de doação. A partir daí o perseguido passou a ser eu. E vocês só não me acharam antes porque Alice percebeu a mancada que deu e resolveu me avisar. Mas isso é outra conversa, que vou ter com ela. Deixei alguma coisa fora?"

Luciano queria apenas uma anuência, uma ou duas palavras, mas nada que pudesse sair do controle. Sr. Mendez, no entanto, gostava de ter a palavra.

"Não, mas foi impreciso em algumas coisas. Não sou chefe de coisa nenhuma. As pessoas não trabalham para mim, mas comigo. Todos fomos lesados num valor bastante alto, como já sabe. Trinta e cinco milhões de dólares são uma quantia importante para todo negócio. Alimentam todas as etapas que ficaram, assim, sem remuneração. Do meu próprio bolso paguei de 20 a 30 por cento para cada setor, e isso acalmou os ânimos por um tempo. Mas o pessoal de Minas, do Espírito Santo, de São Paulo, do Rio Grande do Sul e eu, aqui, no Uruguai, todos queremos saber de nosso dinheiro. Não somos um cartel, somos uma espécie de federação, amigos de negócio."

Uma confraria. E parecia acreditar nisso. Laços fortes em cada lugar por onde Luciano andou, e, se não tivesse fugido o tempo todo, teria feito bons acordos em cada um desses lugares. Olhou para Teresa, sentada muito ereta, olhando ao longe paisagens que só ela via. Resolveu retomar do ponto onde tinha parado.

"Bem, os fatos não são só estes, Sr. Mendez. Um deles é altamente improvável: que os diamantes desviados valessem 35 milhões. Primeiro: depois da primeira coleta, ninguém mais pode atestar nem a quantidade nem o valor dos diamantes. O valor é estabelecido no momento final, transparência, quilates, tudo só no fim. Aí que vocês ficam sabendo do valor. Da mesma forama, as propriedades em meu nome não valem tanto assim."

Sr. Mendez sorriu levemente. Luciano tinha estudado o assunto. Talvez concordassem a respeito dos meandros do mercado, mas discordariam da matemática.

"Senhor Luciano, a estância Gerônimo seria um bom valor a agregar, mas por minha sugestão ficou fora de nossas negociações. De mais a mais, Alice já tinha devolvido a estância para a mãe."

Não havia ironia naquelas palavras, nem mesmo a afabilidade calculada que Sr. Mendez usara desde o dia anterior. O que não diminuía o impacto da revelação: Teresa era dona da Gerônimo. Dona? E sabia disso? Luciano precisou se esforçar para não olhar para ela. Sr. Mendez continuava a falar.

"E com a Gerônimo de fora, o valor total cai muito. Não sei se as propriedades imóveis bastarão para acertarmos tudo a contento. Meus amigos e parceiros de negócio já manifestaram preocupação. Alice sabe disso. O patrimônio de investimentos e ações continua com ela, é por isso que está escondida até agora. Preferiu deixar a negociação para o senhor. Não quer mexer em suas economias. Eu apoiaria se não fosse uma opção desonesta."

Luciano precisava de tempo. Precisava voltar aos parreirais, andar cem passos e refazer as contas. No entanto estava ali, respondendo a Sr. Mendez.

"Me alegra que se importe com honestidade."

"Fui amigo do pai de Alice, senhor Luciano. Muito amigo. Por tudo isso considerei suas atitudes pouco educadas. Não fosse assim, sua presença aqui não seria necessária. Resolveria tudo com Alice e Dona Teresa."

O som de um helicóptero surgiu e cresceu lá fora. Era um dia soturno para se andar de helicóptero. Sr. Mendez não chegou a sorrir.

"O primeiro convidado."

Enfim Luciano e Teresa se olharam. Um convidado. Outro poderoso da turma. Ou outro boss? Reforços armados? O quer que fosse, Sr. Mendez acenava que o acompanhassem. Mas preferiram aguardar na varanda. Teresa olhou séria.

"Temos muito o que conversar, Luciano."

"Não acho. Qualquer conversa agora seria irrelevante."

"Acredita mais no Sr. Mendez do que em mim."

"Acredito em fatos. Em evidências. Não é difícil descobrir quem mente."

"Eu não minto. Apenas também acredito em evidências e fatos".

"É. Cuide-se. Eu minto."

"Não, Luciano. Mas Sr. Mendez e todos os outros, sim."

"Menos Alice."

"Menos Alice."

"Alice comigo, você comigo, Érico com a turma toda aí. Esta história toda é uma história de deslealdade."

Viram ao longe, no gramado, Sr. Mendez acompanhado de um conhecido dos dois. O advogado mineiro Dr. Clóvis era o passageiro do helicóptero. O que tinha sua própria Teresa para preparar armações que eram armadilha, lembrou Luciano, aquele que Teresa teve a ideia de sequestrar para obter informações.

"E, pelo visto, mesmo assim não contou tudo."

Teresa não tirava os olhos dos dois se aproximando.

"Afinal eu estava certa. Este homem não é de confiança.

Teresa se retirou para a sala quando Sr. Mendez e Dr. Clóvis chegaram à varanda.

"Creio que já se conhecem. Outro amigo de Érico."

Luciano respondeu ao bom dia com um aceno de cabeça. Falou enquanto se dirigia à porta da sala.

"Desculpa, mas não vejo amigos de Érico aqui."

A arte da negociação está em começar pelos pontos sobre os quais não há discórdia e seguir lentamente na direção dos impasses. Luciano estava resolvido a tratar o assunto como outro negócio qualquer. Achou boa estratégia deixar Sr. Mendez ir tomando conta da conversa. Não lhe interessava a prosódia, mas os fechamentos.

"Ao contrário do que diz, Luciano, Dr. Clóvis foi um grande parceiro de Érico.

Teresa se antecipou. Com voz baixa e dura, deixou claro o quanto estava inflexível. Realmente contrariada com a presença do mineiro:

"Foi o que o senhor disse, Dr. Clóvis. Contou de viagens a lugares que nunca fui. Sempre, teoricamente, na companhia do meu marido. Pode ter sido parceiro, um colega, o que não faz do senhor um amigo."

"Não duvide, Dona Teresa. Sempre na companhia dele. Nuca fui só. Nunca tive notícia dos detalhes das operações. Só conhecia a etapa final, quando chegávamos em Amsterdam."

Luciano tentou ser objetivo.

"Pelo que entendi, Dr. Clóvis não está aqui para complicar mais as coisas."

"Pelo contrário, minha tarefa é ajudar a construir soluções. Como talvez tivesse conseguido em Diamantina."

A objetividade dava lucidez a Luciano, e uma valentia que não sabia de onde vinha. Sentia-se sobre um elefante, olhando os oponentes de cima para baixo.

"Senhores, tenho pressa. Estou em busca de minha paz de espírito. Que, parece, está com vocês. Eu, por outro lado, tenho o que vocês querem, não é?"

"Senhor Luciano, recebo vocês em minha casa com alegria e hospitalidade. Dr. Clóvis está aqui para nos orientar e auxiliar. Veio de Minas até Montevidéu e deixei o helicóptero para deslocamento cedo para cá. Mas concordo que não devemos mais nos demorar. Assim é mais confortável para todos. Dona Teresa, Luciano, se me permitem... Dr. Clóvis, pode começar."

"Bem... devo introduzir..."

Mas de repente Sr. Mendez estava ansioso.

"Não, não. Sem prólogos. Vamos logo ao que interessa."

"Muito bem. Trata-se da reparação pelo desvio de um lote de diamantes cujo valor o senhor avalia em trinta milhões de dólares."

"Quarenta. Este é o valor que me atende pelo prejuízo mais o tempo decorrido."

Luciano e Teresa ouviam imóveis. Dr. Clovis estendeu duas pastas para Luciano e Teresa, e continuou:

"Bem, pedi duas avaliações dos bens imóveis do Érico e que agora estão em posse do Luciano. Sem a estância principal, que também é a maior, que o senhor Mendez pediu para deixar de fora. Então são quatro áreas de terra não tão extensas, duas granjas agrícolas em Dom Pedrito, dois prédios de apartamentos, um em Bagé, outro em Livramento, gado bovino, ovino e cavalos. Dois postos de gasolina que parecem irregulares. Podemos entrar em detalhes, tenho aqui a apreciação de cada um. Temos um todo avaliado em 24 milhões. De dólares."

Teresa fica indignada.

"É evidente que esse valor está errado. Claro que isso tudo vale bem mais."

"Então sugiro que a senhora chame seu próprio avaliador."

Sr. Mendez agora tinha a voz fria. O olhar indecifrável, o que agradou a Luciano. Um homem de negócios que passaria a perna nele e em Teresa e eles nem perceberiam. Por isso Luciano estava tão atento. Antever qualquer rasteira. Dr. Clovis procurou uma linha de mediação.

"Mas isso levaria tempo. Claro, a senhora tem o direito de não aceitar os valores que apresentei, mas quer mesmo estender esta situação?"

Luciano admirou a encenação com ares de legalidade. Papéis, direitos, avaliações.

"Só um pouquinho. É o meu nome nestes papéis. A avaliação é baixa. Além do mais, eu corro outro risco: vocês podem ser apanhados. Polícia. Interpol. Aí vão rastrear os bens e verão uma grande transferência de imóveis meus para o crime."

"Comércio alternativo. Já pedi que respeite minha casa, senhor Luciano."

Deixou Sr. Mendez falando sozinho e perguntou para Teresa.

"Não dá só 24 milhões. Teresa, em quanto tu avalia os bens? Quando estavam em nome do Érico, Dona Teresa, qual era a avaliação para o imposto de renda?"

"Deve estar brincando."

"Não, não estou. Tudo é avaliado bem abaixo para os impostos. Então, quanto era?"

Luciano não sabia como pedir que Teresa não falasse nada. E ela estava firme, decidida.

"O Érico cuidava disso. Mas lembro que no ano em que a doença começou, ele mostrou os papéis. O total era 45 milhões. De dólares."

Sem demonstrar absolutamente nada, Luciano vibrou por dentro.

"Portanto, avaliando baixo para os impostos, eram 45 milhões. Quanto é que se declara normalmente, doutor? 30-40%? Então o valor de fato pode estar entre 85-100 milhões?"

Sr. Mendez soltou um 'hááá!' irritado. Avançou sobre a mesa.

"Se o senhor pretende manter este tipo de postura para esta negociação, estamos em mau caminho, senhor Luciano!"

Pela primeira vez Sr. Mendez estava alterado. O corpo inclinado imóvel, o olhar enfurecido. Continuou devagar, em voz muito baixa.

"Então sugiro que venda tudo por esse valor, pague apenas o que me deve e fique com o resto."

Luciano apaixonou-se por números já na faculdade, quando descobriu que matemática era poesia. Uma representação sintética e elegante de coisas abstratas através de símbolos, letras e expressões. O mesmo que poesia. Uma forma de apropriação do indizível. Luciano amava representar o que via com essas expressões matemáticas. A linguagem das essências, capaz de representar números irracionais e resolver equações que incluem infinitos. A síntese de todas as fantasias. Divertia-se pensando assim, consciente do aparente paradoxo. E, naquela mesa, naquele momento, divertia-se ainda mais. Tudo não passava de números. No caso, muito nervosismo. E diversão.

"O senhor fala tolices. Queremos pagar. Mas Dr. Clóvis apresentou uma subavaliação do patrimônio. Podemos fazer o mesmo com as pedras. Dificilmente havia mais do que quatro mil quilates no lote. O que, a valores de hoje, dá dois milhões."

Claro que havia mais do que isso, Luciano sabia. Ah, o prazer, a volúpia dos números. Também sabia que num negócio clandestino os valores sobem. Tinha consultado o Google. Também sabia que Sr. Mendez se daria ao trabalho de explicar.

"Em cada etapa de nosso negócio existe risco. Risco grande. Risco tem preço, senhor Luciano. Risco grande tem preço ainda maior."

Era um impasse que não sabia resolver. Luciano pediu para falar com Teresa a sós. Caminharam pelo gramado, longe o bastante. Não havia qualquer olhar entre eles. Luciano apresentou sua proposta de forma clara. Mas havia detalhes que encontravam resistência de Teresa.

"Uma daquelas áreas herdei de meu pai. Ganho aluguéis com os prédios. São lojas. E grandes."

Luciano falava seco, direto, sempre de olho na varanda.

"Vai abrir mão de alguma coisa, Teresa. Fica com as granjas. De produção agrícola eu entendo."

"Érico tinha orgulho dos prédios."

Luciano foi frio. Se queria ficar com alguma coisa, teria que entregar algo também. Estava tudo no nome dele, poderia simplesmente entregar tudo e voltar para São Paulo. Safar-se, em vez de defender patrimônio alheio.

"Tá defendendo patrimônio da tua filha."

Era justamente o que Luciano tinha decidido na noite anterior: lutar por Laura. Por isso entregar o mínimo possível. Não havia como manter os prédios.

"Para eles interessa o rendimento. As áreas de terra apenas pra completar o valor."

Voltaram à mesa. Sr. Mendez ouviu a proposta com expressão de desagrado. Fez um gesto com a cabeça para que Dr. Clovis falasse.

"Isso fica bem abaixo de uma proposta sensata."

Era só negociação. Dr. Clovis sabia que os dois prédios comerciais tinham bom rendimento. As lojas podiam ser vendidas separadamente. Sabia que não era mau negócio. Luciano reforçou, divertido: "As áreas de terra vão de cereja do bolo. Considerando o valor dos prédios, um brinde."

Sr. Mendez parece estar sorrindo pela primeira vez.

"O senhor vai bem numa mesa de negociação, senhor Luciano."

"Sou corretor."

"Sei disso. Também quer chegar ao Itamaraty."

Ter tido sua vida vasculhada por aquela gente não o enfurecia mais. Nada do que Sr. Mendez dissesse nesse sentido o perturbaria. Luciano continuou.

"E antes que o Dr. Clovis comece nova arenga, vamos deixar os juros de lado, porque estamos pagando um valor acima do prejuízo. Fui contra, mas Teresa fez questão, para demonstrar boa vontade. E para encerrar nossas relações de uma vez."

"Também quero uma palavra rápida com meu advogado."

Teresa e Luciano foram pra a varanda, onde haviam servido um bom café. Teresa estava aflita, Luciano a instruiu. Eram negócios, nada de emoções.

"Eles vão aceitar?"

"Não sei."

Quando voltaram para a sala, havia pratos com frutas e galletas diante de cada um. O garçom servia café de uma bela jarra de prata. Sr. Mendez tomou a palavra e fez a proposta mais inusitada que Teresa e Luciano podiam imaginar.

"Vou fazer a contraproposta pessoalmente. O que vocês oferecem é bem menos do que seria do meu agrado. Bem menos. E isso poderia emperrar o negócio por mais tempo que todos gostaríamos. No entanto encontrei uma maneira de contornar este impasse. Minha proposta é: aceito o que me oferecem em patrimônio, os prédios e as áreas de terra. Mas quero uma coisa mais: que Dona Teresa fique a meu serviço pelos próximos três anos.

Luciano sentiu suas convicções matemáticas fraquejarem. Desde o início de toda aquela história, sentia estar totalmente fora de sua área de conforto.

"Secretária. Para negócios fora do Uruguai por dois anos. Prestará serviços a mim. Por ano, três viagens de 20 dias e, depois das viagens, duas semanas aqui em casa para colocar a papelada dos negócios e anotações em ordem. Além de secretária será minha convidada no tempo restante. Nos dias livres, nas horas em que não estivermos trabalhando. Minha convidada natural. No máximo dois anos. Se por acaso não me comportar como um cavalheiro, dona Teresa fica livre do compromisso. Esta é a proposta na mesa. Contento-me com os imóveis nas cidades. A estância Gerônimo e as granjas, o gado todo, ficam com vocês.

Por um bom tempo ninguém falou. Luciano pensava em como aquela proposta ficaria bela em expressões algébricas. Números seriam capazes de expressar aquela proposta? De forma igualmente clara, objetiva e sintética como se fosse um poema? Tentou montar uma correspondência: Sr. Mendez calculou a diferença entre o que imaginou ser seu prejuízo menos o valor avaliado do patrimônio. Esta diferença por dois anos, a juros. Era um valor mensal alto. Uma fórmula que sintetizasse este negócio ainda precisaria incluir os resultados que o serviço de secretária por dois anos traria.

Teresa, no entanto, reagiu ultrajada.

"Isto não é uma proposta. Não sou secretária. Não daria certo. O senhor não ficaria satisfeito. Ou seria uma espécie de prostituta?"

Sr. Mendez exagerou no papel de homem ofendido.

"Nunca! Jamais. Não será obrigada a qualquer contato físico. Tem a minha palavra. Claro, quero sua companhia, trocar ideias, conversas e todas essas coisas. Verá que companhia agradável eu sou. Mas a senhora será exlusivamente secretária executiva."

Luciano pensava em equações matemáticas que não resolvia, mas sabia que precisava dizer alguma coisa. Mas foi Teresa quem sussurrou.

"É imoral. O senhor está louco. Senil."

Luciano temeu que a conversa desandasse, mas Sr. Mendez não se deixou ofender.

"Temos quase a mesma idade. Outra coisa em comum."

Virou-se para Dr. Clóvis.

"Acho que devemos dar um tempo para que pensem na proposta, Dr. Clovis. Vamos fazer um intervalo, digamos, uma hora? Podem contatar Laura e Alice. Descubram onde estão, perguntem as opiniões delas para o caso de não termos um acordo. O que seria ruim para todos."

Teresa falou com voz alterada:

"O senhor ameaça minha filha e minha neta e quer que eu aprecie sua companhia em viagens?"

"A ameaça ao bem-estar delas vem de vocês. Depende de vocês."

Dr. Clóvis recolhia os papéis. Já estavam de pé quando Sr. Mendez acrescentou que dificilmente aceitaria alguma proposta que não incluísse os dois anos de serviços de Dona Teresa como secretária executiva. Sugeriu uma boa caminhada e bons telefonemas. Que pesassem bem os valores.

Luciano e Teresa escolheram a vindima, caminhar entre os espaldares de parreiras. Ar puro e um pouco frio fez bem aos dois. Nem perceberam os parreirais brotados, o terreno cuidado, o capricho.

"Para alguém solitária nos últimos anos, até que você está mudando de patamar."

Teresa olhou-o com desprezo. Luciano baixou os olhos.

"Desculpa, não quis perder a piada. Mas existe certa verdade nisso."

"Um homem repulsivo, um pervertido, quer me usar para seu prazer. E tu faz piadas? Até duas horas atrás me tratava com indiferença e me chamava de traidora. Não quero ser admirada por ti. Não quero ser desejada por um nojento. Prefiro não ser nada."

"Desculpa. Quero dizer que nunca ouvi uma proposta destas. Claro que acho ofensiva, suja, não importa que seja legal."

"É legal com uma ameaça por trás?"

Luciano se esforçava para argumentar sem parecer estar na defesa de Sr. Mendez.

"É como o homem entende a vida. Não acho que deve aceitar, Teresa."

"Já pensou, viajar por semanas com um sujeito assim?"

"Confesso que ficaria com um pouco de ciúmes."

"Se não tem o que dizer, fica calado."

Mais alguns passos em silêncio. Luciano não estava gostando da conversa.

"É que acho que está fora de questão, Teresa. Não vamos aceitar e ponto. Por isso podemos brincar com a coisa."

"Depois que Érico se foi, Sr. Mendez regularmente fazia os convites mais variados. Ele chegava na Geronimo sem avisar e eu tinha que hospedá-lo. Fazer o quê? Tinha sido amigo de Érico. Ficava dias. Insuportável."

Luciano pensou que era hora de tomar distância daqueles problemas. Interromper a negociação, mudar de ares, acertar um prazo para voltarem a negociar. Voltariam para a sala e suspenderiam tudo.

"Saindo agora podemos estar em Montevidéu no final do dia."

Tinha parado, mas Teresa continuou andando, em silêncio. Luciano achou que era a pessoa mais triste que já tinha visto. Um pouco mais adiante, Teresa também parou. E assim ficaram, metros entre eles, por um bom tempo, na busca o outro dentro de si. Então ela se voltou para ele:

"Vou aceitar."

"Que?"

"Pelas meninas. Por ti. Por mim mesma, o pior seria viver de sobressalto em sobressalto. Vou aceitar."

"Negativo. Fora de questão."

"Sobre sua vida decide tu. Deixa a minha comigo."

Luciano tinha certeza de que devia opor resistência firme à ideia.

"Será tortura!"

"Ficaria surpreso se soubesse o que uma mulher suporta ao longo da vida. Algumas coisas se assemelham a esta proposta. Não me agrada, odeio a ideia dessas viagens, revolta meu estômago. Sim. Mas está decidido."

Luciano olhou para longe, nada de fórmulas, nada de matemática. Só uma mãe e avó aceitando o sacrifício para salvar Laura e Alice. Tinha raiva na voz quando falou.

"Então não assino nada. Não farei minha parte. Tá errado, Teresa, ele tá blefando, não precisa fazer isso."

"Assunto encerrado. Vamos voltar?"

Teresa saiu andando. O dia continuava muito fechado, nuvens pesadas e escuras não eram bom agouro.

Os detalhes foram combinados com Teresa sentada muito ereta sem dizer uma palavra. Sequer desviava os olhos do centro da mesa. Mesmo quando alguém se referia a ela. Mesmo quando Luciano tentou lhe falar. Limitou-se a dizer "aceito a proposta, só preciso saber quando começo."

"Vamos aguardar que se finalizem os outros detalhes. Dr. Clovis vai com senhor Luciano."

Dr. Clovis tratou de corrigir o contrato e inserir os detalhes recém acertados. Animado, Sr. Mendez exalava energia. Já de pé, inclinou-se na direção de Teresa.

"Quanto a nós, a primeira viagem é pelo Mediterrâneo. Todo ele, sul da Europa, todas aquelas ilhas, Grécia, Oriente Médio, norte da África. A trabalho, Dona Teresa. A trabalho."

Luciano termina a leitura do novo contrato. Dr. Clóvis passa a cópia para Teresa, que não moveu um músculo. Luciano insiste, ainda há tempo para desistir. Teresa apanha a caneta e assina abaixo dele.

"Sei o que preciso fazer."

Dr. Clóvis deu as instruções.

"Agora temos que ir aos cartórios registrar a transferência. Será feita diante do tabelião com o pagamento por cheque administrativo como entrada e 30 promissórias do valor restante. Claro que tudo será rasgado na saída do cartório."

Lavagem de dinheiro. Luciano e Teresa já tinham entendido o que era.

"Nos encontramos em Bagé."

"Seria necessário que dona Teresa aguardasse o encerramento desta etapa hospedada aqui. Não vai se envolver nestas burocracias. E aqui será tratada como rainha."

Pela primeira vez desde o intervalo, Teresa ergueu o olhar e direto para Sr. Mendez.

"Vou com Luciano. Encontramos Dr. Clovis lá. Envie seus capangas, se achar necessário. E pode marcar a data da viagem. Só peço uma certa antecedência."

"Muito bem. E, depois da viagem, sempre uns dias hospedada aqui."

"É o combinado. Agora, se me permitem, vou fechar as malas."

Era difícil para Luciano ver Teresa naquela posição. Queria abraçá-la, protegê-la, tirá-la dali, quem sabe irem eles dois fazer aquela viagem pelo mediterrâneo. Mas tinha conhecimento de contratos que levavam dias, talvez semanas, para andar. Reavaliar tudo seria demorado, investigar o valor real daqueles diamantes, quixotesco. Achou que Teresa estava sendo sábia e resignada na sabedoria. Estava determinada a fazer o que pensava que lhe cabia. A ele, cabia cumprir sua vontade, fazer as transferências para a bandidagem, aproveitar para devolver o resto para Alice, garantir que Laura também estivesse bem e sumir de volta para sua vida em São Paulo.

Teresa não fazia as malas porque nunca as desfizera. Luciano a encontrou sentada na cama, muito ereta, o queixo erguido. Chorava.

"Quer conversar?"

"Quero ir embora."

Não foram despedidas. Dois acenos e confirmação de Dr. Clovis do encontro no Brasil em dois dias. Saíram da estradinha para a ruta principal e ouviram o helicóptero levantar voo.

Resolveram ir direto a Montevidéu e não falaram mais. Quando chegaram ao hotel Teresa parecia ter acordado.

"Luciano."

Ele olhou com olhos cansados.

"Não queria dormir sozinha."

"Também não."

DIA 13

Na chuva da manhã seguinte, o Rio da Prata fazia jus ao nome, com um brilho raro que era bom de ficar olhando. Ao longe, navios já tinham partido com a maré. A resplandescência sugeria grandes alterações para o dia que começava. Luciano pensou tomara que não.

Depois de uma noite sem sexo, acordou com forte mal-estar. Teresa não tinha dito a verdade, ou, pelo menos, não toda a verdade. Conhecia Sr. Mendez. Conhecia de recebê-lo em sua casa. E Dr. Clóvis, sabia disso quando o interrogava no carro, em Minas? A ideia de Teresa ter ocultado coisa tão importante não era admissível. Total falta de lealdade, mesmo que não estivessem apaixonados. E, estando, tornava-se ainda pior.

Viu dois rebocadores conduzindo um enorme petroleiro para fora do porto. Virou-se e encontrou o rosto de Teresa que, acordada, olhava para ele. Mal houve bons-dias, a conversa logo girou sobre Mercedes, encontrá-la para enviar o recado a Alice e Laura, ou não. Podiam fazer isso do Brasil. Acabaram concordando que ambos queiram ver Mercedes mais uma vez e, quem sabe, arrancar alguma informação mais precisa sobre as duas.

Foi um encontro rápido. Mercedes estava ainda mais estranha que da primeira vez, olhar perdido, de poucas palavras. Não olhava para os lados como se procurasse alguém, o que Luciano e Teresa, em sua paranoia, temiam que acontecesse. Não, pelo contrário, estava calma. Olhava para a mesa, para a xícara à sua frente, para o chão. Garantiu que daria o recado quando achasse seguro.

Dirigiram na chuva até São Jerônimo, Brasil. Foi depois da alfândega, já se aproximando o fim do dia, que as nuvens começaram a se dispersar e o sol brincou de visitar os campos de vez em quando. Aquele entra e sai de luz dourada era bom presságio.

Em Bagé, jantar com Bruno e Helena, que foram discretos nas perguntas, Luciano e Teresa sucintos nas respostas. Repetiram o que todos já sabiam, a fuga pelo campo rendendo comentários jocosos. Bruno recusou-se a receber pelas despesas do carro que levou Luciano a Porto Alegre. Depois do jantar levaria Luciano até Los Ríos, Helena levaria Teresa à Gerônimo. Dessa forma todos poderiam conversar.

Ainda era cedo quando as duas mulheres partiram para a Gerônimo. Com Luciano no carro, Bruno deu uma volta para mostrar o anexo recém-inaugurado da universidade. Dali seguiram para a estância. Mas Bruno não passou direto pela estrada que levava até à Gerônimo, pelo contrário, virou e seguiu por ela.

"Te enganou de estrada."

"Não. Recado de Helena. Teresa pediu para passarmos na Gerônimo."

Luciano viu Bruno apertando os lábios, suspirando forte. Resolveu ajudar.

"Fala".

"Amigo, tenho uma pergunta. Aconteceu alguma coisa com Teresa? Quero dizer, entre vocês dois?"

"Tá evidente assim?"

"Muito. E aí?"

Luciano admirou a noite de prata escura. Queria falar sobre o assunto, nem que fosse pouco.

"Estranho estar gostando da ex-sogra."

Bruno olhou para ele e, mesmo no escuro, dava pra perceber a expressão tranquila.

"Vale os riscos? Sim, porque já é grandinho, pode medir bem o tamanho da encrenca."

"Posso."

Bruno dirigia cada vez mais devagar pelo acesso à Gerônimo.

"É uma mulher bonita."

"Muito. Na verdade, não sei o que fazer. Se não fosse a situação, nós dois fugindo por aí, acho que não teria acontecido. Primeiro era só cumplicidade. Depois... O medo dá uma solidão danada."

"Errado. Novidade talvez pra ti. Durante anos achei que havia interesse da parte dela. E da tua."

"Dava pra notar, é? Não era interesse, era uma mulher atraente. Pois é. Mas era minha sogra. Era casada. E eu casado com a filha dela."

Fez uma pausa. Bruno queria ouvir mais. Luciano queria que a sede da estância demorasse a surgir à frente deles. Podia finalmente falar com alguém. Mas só murmurou.

"Agora, não sei."

E conversaram sem parar até a estância. Luciano sequer notou os dois carros estacionados no largo espaço diante da sede. Ainda falavam de amores quando desceram e foram direto para a sala, onde Teresa e Helena aguardavam. Também lá estavam dois homens muito sérios, rostos duros. Luciano e Bruno paralisaram na entrada e compreenderam na hora. Homens de Sr. Mendez. Não havia Milton e o garoto, que tinham partido cedo, o garoto precisava voltar à escola. Aqueles dois tinham chegado um pouco depois delas. Não havia armas à vista. Luciano estava sem paciência, jogou a sacola no sofá. Um dos sujeitos falou em portunhol.

"Tranquilo, seu Luciano. Só vamos garantir pra tudo acontecer direito amanhã."

Bruno não estava habituado aos fatos e à atmosfera.

"E por que não aconteceria?"

"A ordem é garantir. Dr. Mendez pede que durmam todos aqui."

Para Bruno aquilo era um ultraje. Luciano rosnou:

"Fora de cogitação."

Bruno segurou Luciano pelo braço. O sujeito acrescentou.

"Nós temos ordens."

"Helena e eu também? Por quê? O que temos a ver com isso?"

"Só pra todo mundo dormir sereno, senhor. Da outra vez o homem fugiu."

"Muito atrevimento. Vocês invadiram as estâncias, revistaram tudo, queriam que eu fizesse o quê? Metesse bala?"

Os dois sorriram.

"Não senhor."

"Só que dessa vez não vamos fugir. Temos um acordo e vou cumprir minha parte. Espero o advogado amanhã e vamos dar entrada nos papéis. Então, podem dar meia volta e partir."

"Não podemos, senhor. Vamos garantir a segurança de todos."

Luciano quase começou uma discussão. Foi contido por Bruno. Teresa, que pensava que tudo tinha terminado, estava em choque. Helena assumiu o comando e foi prática.

"Existem quartos para todos?"

"Claro."

Os homens do Sr. Mendez se acomodaram nos sofás. Teresa distribuiu os quartos. Também sabia que seus funcionários espiavam, amedrontados. Pediu em voz alta que fossem todos dormir, estava tudo bem.

O quarto era confortável, a cama, não. Pensando em Teresa no quarto ao lado, Luciano não dormia. Tinha jurado a si mesmo que fugiria destes pensamentos. Estava terminado, voltariam às próprias rotinas. O ocorrido aconteceu porque a vida tem brechas, algumas grandes assim, capazes de jogar os dois naquele torvelinho de coisas nunca acontecidas. Lutaram pela vida como nunca antes pensaram que teriam de fazer. Nesse mundo de medos e sobressaltos nascera a relação. Mas quem comanda as brechas é a própria vida. Que as tinha fechado outra vez e agora as rotinas os aguardavam.

Um roçar na veneziana da janela o deixou atento. Novo roçar. Seria Teresa? Saiu da cama com o coração disparado, abriu um lado sem fazer barulho. Não era Teresa. A sombra imóvel à sua frente era de Seu Antero.

"O senhor tá louco, Seu Antero?"

"Só queria saber se tá tudo bem."

"Eles podiam te ouvir chegar!"

"Tenho o passo leve."

"Mas não pode entrar aqui. Tem que voltar."

"Não. Vou ficar na espreita. Estão aos meus cuidados. Vim dizer pra não se afligir."

Luciano viu a arma e protestou.

"É só por via das dúvidas, seu Luciano. O senhor sabe: onde boto o olho boto a bala."

Impossível não sorrir.

"Nada de tiros. Nada de mortes. Nada de sequestros. Chega. Só quero dar um termo nisso tudo, Seu Antero."

"O senhor dá um termo e eu cuido pra dar certo."

Um ruído na varanda, provavelmente um deles dando uma espiada ao redor, fez os dois calarem. Luciano nem viu a sombra desaparecer. Bom ter um amigo como Seu Antero. Bom terminar tudo. Bom ter a vida de volta. Mesmo sem lugar para Teresa.

DIA 14

As gêmeas tinham vindo da Los Ríos e, junto com Terinho, se esmeravam num almoço sofisticado para atender às visitas. Luciano, Teresa, Bruno e Helena descobriram que tamanha sofisticação merecia palmas, e foi o que tiveram. Codornas ao molho de ameixas, purê de cenouras, arroz de sálvia, batatas e feijão pra quem gostasse de algo mais comum. Nenhum sinal de Seu Antero, mas Luciano sabia que ele observava todo o movimento, dentro e fora da casa. O helicóptero com Dr. Clovis chegou antes do almoço, sem levantar muita poeira. Teresa convidou e ele aceitou com um risinho.

"Meus convites a senhora recusou. Mas não sou de guardar mágoas. Tem uma bela fazenda aqui, Dona Teresa. Enorme."

Subindo os dois degraus da varanda, foi deixando todos ao par. Já fizera a solicitação e conseguira marcar com o tabelião. À tarde estaria tudo pronto para ser firmado.

"Eu sugeriria um brinde a isto, mas não é bom brindar por antecipação. Então vamos à cidade, resolvemos tudo e na volta brindamos. Pensei em deixar o helicóptero por aqui mesmo, se não se importa."

O almoço foi servido e Dr. Clovis falou o tempo todo. Sobre como Luciano e Teresa tinham recusado visitar sua casa em Diamantina, tanto para almoço quanto para jantar, que a sua Teresa tinha preparado com tanto amor.

"E tudo porque não confiaram em mim. Como se corressem algum tipo de perigo. Medo de mim? Nada, sô. Por causa dos meus convidados. Era só conversar tudo acertadinho e pronto. Terminava a correria. A senhora não levou em conta o quanto que Érico era meu parceiro de viagens. Um amigo bão demais."

"Dr. Clóvis, por favor. Não precisa repetir tudo que já contamos aos nossos amigos. Está nos aborrecendo."

Apesar do comentário rude de Teresa, Dr. Clóvis não perdeu o sorriso no rosto. Luciano acrescentou.

"Já explicamos que vocês, homens do crime organizado, são perigosos e que fizemos bem em evitá-los."

"Hahahaha, Luciano, não fale assim. E nem se aborreça tanto. Tudo é passado. O que importa é hoje à tarde. O resto é anedota."

Depois do almoço e um café, seguiram em três carros para a cidade. Luciano assinou tudo que pode. Quando parecia tudo terminado, Dr. Clóvis sacou outro contrato da pasta.

"Agora, a parte de Dona Teresa."

Ela e Luciano não sabiam do que se tratava.

"Ora, a senhora aceitou um contrato de prestação de serviços com Sr. Mendez. É simples. Só formalizando o que acertaram de boca."

Antes que Teresa protestasse, o tabelião pegou a cópia dele e leu. Constrangido, olhou para Teresa.

"A senhora está sabendo disso?"

Teresa terminou de ler a cópia dela. Muito digna, não olhou para ninguém.

"Sim. Caneta, por favor."

E assim estava tudo assinado. Da estância, Dr. Clovis partiu em seguida. Bruno e Helena, que não saíram do lado deles, se despediram. Seu Antero apareceu não se sabia de onde. Teresa se despediu de Luciano e pediu licença. Luciano sabia que ela ficaria no quarto para chorar. Os carros e seus brutamontes tinham sumido. Seu Antero viera a cavalo e providenciara um dos cavalos da Gerônimo para seguir de volta com Luciano. Fizera isto a pedido. Luciano queria cavalgar calmamente até sua estância, as primeiras horas de calmaria em duas semanas. A tarde ia a meio, as nuvens deram uma trégua e prometia um belo pôr do sol. Andaram um bom tempo sem dizer nada, Luciano sentindo o corpo dolorido da noite quase não dormida. Seu Antero quebrou o silêncio, sem virar o rosto.

"Vão chegar fim de tarde. As duas."

Luciano não precisou de nomes. Existiam coisas que a matemática não seria capaz de expressar. Ergueu os olhos para as pastagens naturais que se estendiam até onde podia ver. Gostava daquela paisagem. Mais do que gostaria.

"Quem falou?"

"Uma tal Mercedes. Sotaque."

Alice e Laura estariam na Los Ríos? E por que não na Gerônimo, onde estavam todos? Não importava. Estavam vivas. E fora de perigo.

Quando Luciano viu as duas esperando diante da casa já chorava antes de apear. Um abraço que ele não queria mais que terminasse em Laura, um forte abraço, mas formal, em Alice, de novo em Laura.

Mão no ombro de Alice, para impedir que ela se aproximasse, quem sabe por quê. Teresa fora avisada e estava de pé, ao lado, assistindo a cena. Helena e Bruno também. Engasgado, Luciano falava assim mesmo. Queria saber coisas. Tudo.

Depois do banho, um chimarrão macio, delicado, deu o ritmo. A sempre quieta Alice tomou a palavra como quem começa uma longa história. Levantou e deu a volta na poltrona. Apoiou-se no espaldar.

"Preciso me desculpar, Luciano. Meti você no rolo sem você saber de nada."

Explicou tudo de novo, tudo o que Luciano já sabia. A história que terminava com ele dono de tudo sem saber e escondido no fundo de um poço. Não importava mais. Desde que pudesse ficar ali, abraçado à filha. As duas estiveram este tempo todo em Valparaíso, no Chile, mas era uma questão de tempo até serem descobertas pela gangue lá também. Por isso Alice jogara Luciano às feras. Ele olhou para ela por um bom tempo, mas preferiu não dizer nada. A história aquela toda já sabia, os detalhes fariam pouca diferença. Laura queria parecer animada, puxava comentários jocosos, mas só Helena e Bruno riam. Bruno acrescentava uma piada, pintava um quadro de Luciano cavalgando sem jeito, riam um pouco. Um ou outro olhar sugeria que Alice já soubesse, ou intuísse, o romance da mãe, mas nenhum comentário foi feito. Só pedir desculpas, jurar que sentiu muito medo, que não sabia como lidar com crime organizado. E que não falaria mais com ele.

Juras e mais juras, pensou Luciano.

Teresa beijou a filha, segurou-a pelos ombros e falou olhando nos olhos.

"Que bom que vocês estão bem. Estou bem, também."

Luciano viu o olhar de Alice passar pelo seu. Deu boa noite a ele. Laura também. Ele ainda ficou na varanda por alguns minutos. Toda a tensão daqueles episódios, mais a situação com Teresa, tudo tinha chegado ao fim e, de repente, sentia dores por todo o corpo. A vontade de chorar foi passando aos poucos. Deitou-se e adormeceu.

DIA 15

Luciano partiu com a caminhonete que tinha alugado e que ficara lá parada havia duas semanas. Andou em boa velocidade por toda a primeira parte da estrada quase deserta. O dia estava nublado outra vez, as nuvens altas desenhavam uma linha escura no fim do pampa. Gostava de sentir o vento no rosto, desligou o ar e abriu a janela. Cantava em voz alta todas as canções que lhe vinham à cabeça. Mas não se sentia feliz. Nem completo. A despedida da filha fora dolorida como sempre. Ela quis ficar mais uns dias na estância. Passaria por São Paulo depois. Alice cumpriu a promessa e não falou mais com ele. Luciano também não a viu falar com Teresa, que voltou à Geronimo logo após o café. Ao dar a mão para a ex-mulher, disse em voz muito baixa: 'não fala com ela. Deixa assim. Terminou.' Alice então levantou os olhos para ele, muito séria. Deus as costas e entrou na casa. O vento gelava o rosto. Pensou que tudo estava certo, mas nada parecia em ordem.

Chegando a São Paulo retomaria a vida bruscamente interrompida. Ansiava por encaixar-se de novo na rotina e, em duas ou três semanas, pensar no que aconteceu e não sentir mais nada. Era isso que podia querer. Quanto ao outro quesito, bastava obrigar-se a não pensar em Teresa. Por que Teresa? Pra quê? Uma mulher dezesseis anos mais velha do que ele. Claro, isso não importava tanto quanto a sensação de que ninguém entenderia. Não contava seus casos por aí, mas, se quisesse, esse podia? Sim? Não? Achou que podia.

"Nada demais! Que novidade pode haver? E alguém tem alguma coisa a ver com isso?"

Falava em voz alta. Então por que parecia ser? Ouviu o sinal do celular indicando uma mensagem.

> "estou no trevo com a Br290. Pode parar pra conversar um pouco?"

Luciano parou no acostamento. Por um tempo olhou a paisagem ao redor. O celular alertou de novo. Saiu do carro na intenção de garantir um sinal melhor.

> "serao uns minutos."

> "sera que devemos?"

> "se não quiser, nao pare. só no buzine. Nada de adeus."

Erros de ortografia são certificado de autenticidade nas mensagens em celular. Umas saracuras se arriscaram muito perto da estrada, Luciano as espantou de volta. Desde pequeno gostava de saracuras, porque tinham dois palitos no lugar das pernas. Não ia deixar que fossem atropeladas, apesar de quase não passar carro algum por ali. Pensava. Queria falar com Teresa? Falar o quê? Não queria?

Voltou à estrada. Lembrou de Erasmo: 'só a velocidade anda junto a mim.' O que devia fazer? Essa resposta sabia: passar reto e não falar nada. É o que devia fazer. O que gostaria mesmo de fazer? De parar.

De longe viu Teresa fora do carro. Foi diminuindo até estacionar atrás dela. Ela ficou encostada no carro, ele não saiu. Ficou atrás do volante, pensando pela última vez se não devia acelerar, ir embora sem falar nada, desaparecer. Não conseguiu. Desligou e saiu andando pelo acostamento em sua direção.

"Difícil decidir?"

"Sim. Tenho certeza que não devíamos conversar. Seria mais sensato. Mas o que eu quero é o oposto disso."

O beijo foi delicado, o abraço forte, não. Como era bom sentir Teresa em seus braços e perceber que ela achava o mesmo. O beijo longo, um pequeno paraíso. Teresa precisava perguntar.

"Ela falou mais alguma coisa?"

"Não. Acho que Alice nunca mais vai falar comigo."

"Laura?"

"Pedi que a deixasse de fora. Acho que não vai contar. Não por enquanto."

"Mas é impossível evitar."

Teresa apontou o porta-malas do seu carro.

"Sabe o que tenho aí dentro?"

Ele temia saber.

"Malas. Para passar um bom tempo em São Paulo."

"Mas e teu contrato com o uruguaio?"

"Só preciso estar lá quando chamar. Aí vou."

"Cuidado com essa gente."

"Pensei que em São Paulo a gente pudesse estar mais juntos."

Luciano sentia que estava perdido.

"E tua filha?"

Teresa calou.

"É loucura, Teresa."

"E daí? Quem disse que não podemos fazer loucuras? Estou prejudicando alguém? Fazendo mal a alguém?"

"Não sei. Talvez."

Teresa não gostou da resposta e Luciano se arrependeu de ter falado. Pediu desculpas.

"Tá muito menos convicto que eu. Não faz mal. Só não quero que esta energia, este prazer de estar viva de novo desapareça. Recebi isto de ti e sou grata, muito grata."

Já estava claro o que Teresa faria de qualquer jeito: iria a São Paulo. Luciano avaliava o que ele próprio queria fazer. Quanto da rotina para a qual pensava com gosto em voltar, quanto de sua vida seria alterada em definitivo. Ela continuava a falar do bem que aquelas duas semanas tinham feito a ela, do quanto queria viver esta fase da vida de uma forma diferente e que se isso fosse ao lado dele seria maravilhoso. Luciano de fato não estava tão convicto assim. Mas o sentimento esticava a corda no sentido oposto, o coração aos pulos, o olhar apaixonado, o corpo todo testemunhava o contrário. Teresa disse a ele. Que pensava nas malas, feitas às pressas, numa noite apenas.

"Tu tá indo pra onde? Agora."

"Porto Alegre, aeroporto Salgado Filho."

Luciano ficou olhando para ela. Um minuto, dois, três. Ela não se importava em esperar. Aproximou-se, colou o corpo no dela.

"Então vamos. Te encontro lá."

Luciano partiu mais apressado que Teresa. Queria chegar. No aeroporto, em São Paulo, em casa.

F I M